나를 매혹시킨

한 편의 시

3

시를 사랑하는 각계 명사들의 *애송시*에 얽힌 이야기

나를 매혹시킨
한 편의 시

③

김윤식 · 이규태 · 김용운 외 27인 지음

문학사상사

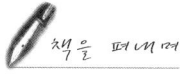

아름다운 언어의 성찬(盛饌)을 만끽하는 즐거움

—누구나 한 편의 애송시를 간직하고 있다는 건 삶을 아름답고 윤택하게 한다

시는 가장 잘 정제된 언어로 이루어진다. 언어를 가다듬는 일은
심성을 가다듬는 일과 통한다. 거칠어진 언어를 가다듬고,
잃어버린 감정을 되찾을 수 있는 방법, 그것이 바로 시 읽기이다.

문학평론가 권 영 민《문학사상》주간)

▲시, 인간의 아름다운 심성

나는 소월의 시 〈엄마야 누나야〉를 좋아한다. 언제부터 이 시를
외울 수 있게 되었는지는 기억이 나지 않지만, 흥이 날 때도 기분
이 언짢을 때도 이 시를 웅얼거리는 버릇이 있다. "엄마야 누나야
강변 살자. / 뜰에는 반짝이는 금모래빛, / 뒷문 밖에는 갈잎의 노
래, / 엄마야 누나야 강변 살자." 이렇게 한 번 읊고 보면 마음속
깊이 물결처럼 평화가 스며든다. 이 시를 나의 애송시라고 자랑하
고 싶은 마음은 전혀 없다. 그러나 이 시는 내 마음속 깊이 언제
나 자리하고 있다.

나는 여러 시집을 늘 곁에 두고 읽는다. 그리고 우리집 애들에게도 자주 시를 읽도록 권한다. 외국에 출장을 갈 때도 새로 나온 한두 권의 시집을 꼭 여행가방에 넣고 간다. 미국 대학에서 2년을 넘게 지내는 동안에 나는 평소 아끼며 읽던 시집을 백여 권이나 짐 속에 챙겨 가지고 갔었다. 학교에서 강의를 할 때도 학생들에게 시집을 읽어 보라고 자주 권한다. 아예 내 강의를 수강하는 학생들에게 한 달에 한 권의 시집 읽기를 숙제로 내주기도 한다. 학생들은 처음에는 귀찮게 여기다가도 내 뜻을 이해하고는 오히려 더욱 적극적으로 시와 함께하는 생활에 동참한다.

시는 인간의 심성 그 자체를 내용과 형식으로 하여 만들어지는 유일한 예술적인 형태이다. 시는 삶의 다양한 경험과 충동에 균형을 부여할 수 있는 힘을 가지고 있다. 시는 그것을 애써 찾아 읽는 사람에게만 충만한 기쁨을 주며, 자기 자신의 삶을 보다 높은 존재의 차원으로 끌어올리고자 하는 사람에게만 초월의 힘을 발휘한다. 시적 생활이라는 것은 시를 통해 정서의 풍요를 누리며 살아가는 것이다.

내가 시 읽기를 강조하는 이유는 시가 인간의 아름다운 심성으로부터 빚어지고 있기 때문이다. 마음의 흐름을 따르는 것은 시의 기본적인 원리이다. 시는 마음을 말한 것(詩言志)이라는 평범한 진리가 거기서 비롯된다. 우리네 삶에도 또한 마찬가지의 원리를 적

용해 볼 수 있다. 깊은 마음에서 우러나오는 대로, 말하자면 마음의 행보를 따라가는 것이 참다운 삶의 방법이 될 수 있다.

공자의 말씀에 "시 삼백 편에 생각의 간특함이 없다(詩三百思無邪)"고 했거니와, 그것은 시 정신의 본질을 꿰뚫어 보는 말임과 동시에 인간의 마음의 심원을 시와 함께 드러내는 것임을 쉽게 알 수 있다.

▲ 잃어버린 시 정신을 회복하는 일

우리는 옛적부터 시를 사랑하여 왔다. 시를 짓고 그것을 노래하는 것은 우리 조상들의 생활 속에서 오랜 전통으로 자리잡아 왔다. 위로는 왕으로부터 아래로는 촌부(村婦)에 이르기까지 모두가 시를 통해 삶의 도리를 배우고 자신들의 꿈을 드러내었다. 옛날 과거 제도와 같은 관리의 등용 시험에도 시를 짓는 문제가 항상 중요한 과제로 제시되었던 것은 물론이고, 분별이 있는 가문에서는 조상이 남긴 시문을 모아 문집을 만드는 것을 자랑으로 여겼던 것이다. 시와 더불어 삶을 살아가면서 보다 높은 차원으로 자신의 삶을 끌어올리고자 했던 옛 선인들의 삶의 자세를 엿볼 수 있는 대목이다.

그러나 오늘의 현실은 사뭇 다르다. 삶은 각박하고 현실은 매우 거칠다. 거기다가 우리의 정서는 메말라 버렸다. 하루하루의 생활을 꾸려 가기에도 바쁜 사람들이 시를 운위한다는 것 자체가 한가로운 일처럼 보일 정도가 되었다. 시는 오로지 시인들만의 몫이고, 일상의 인간들과는 아무런 관계가 없는 일처럼 되어 버린 것이다.

우리 생활에 가장 가까이 두고 있는 텔레비전의 화면은 시각적 자극에 열을 올린다. 라디오의 노래 소리도 귀를 자극하는 데에만 관심을 두고 있는 듯하다. 비디오와 오디오의 문화가 더욱 발전할 수록, 읽고 생각할 수 있는 여유가 줄어들고 있는 것이 사실이다. 시를 음미하고 그 깊은 정서의 세계에 빠져 들어갈 수 있는 낭만이 생활의 어느 구석에도 자리하기 어렵게 되었다.

이러한 현상을 놓고 사람들은 흔히 '시의 위기'를 말하기도 한다. 그러나 이것은 시의 위기를 뜻하는 것만이 아니라, 우리의 삶 자체가 정서적 파탄의 위기에 처해 있음을 말해 주는 것이라고 할 수 있다.

잃어버린 시 정신을 회복하는 일이야말로 사람들이 자신의 삶의 한가운데에 온전히 자리잡을 수 있는 길이다. 시적 심성의 회복은 우리의 삶에서 가장 시급하게 이루어져야 할 중요한 요건 중의 하나이다. 사람들의 생활 속에 자연스럽게 시가 스며들 수 있다면, 그것은 참으로 바람직한 삶의 모습이 될 것이다.

시는 그것을 찾는 사람의 곁에만 자리한다. 시는 객관적인 현실의 인식을 위해서가 아니라 내면적인 세계 인식을 요구하는 경우에 그 존재 의미가 살아난다. 사람이 자기 내부에서 인간의 영혼을 관찰하고자 할 때에만 시의 의미가 중요시된다는 말이다.

▲ 시를 읽는 일은 언제나 어디서나 자유롭다

시를 읽는 일은 그리 어려운 일은 아니다. 그러나 그렇게 만만히 볼 수 있는 일도 아니다. 자극적이고 흥미로운 읽을거리를 찾는 사람에게는 처음부터 시가 답답하고 재미없는 읽을거리가 될 가능성이 많다. 거대한 서사 문학의 물결을 즐기는 사람은 시란 것이 정말 시시한 말장난으로 보일 가능성도 없지 않다. 그러므로 시 읽기는 조금은 인내력을 지닌 사람에게 적합하다. 아니, 인내력이 없는 사람이 인내력을 기르는 데에 더 적합한 일일지도 모른다.

시라는 것이 자신과는 상관없는 일이라고 담을 쌓는 사람도 많지만, 시는 자꾸 읽어야만 가까워진다. 처음부터 무엇을 알아내려고 고심할 필요가 없다. 그저 시의 언어적 행간을 따라 읽어 가면 된다. 자꾸 읽어 나가다 보면 시의 구절을 저절로 욀 수 있게 되고, 욀 수 있을 정도가 되면, 저절로 그 뜻이 마음속에서 살아난다.

처음부터 욕심을 낼 일도 아니다. 한 달에 한 권 정도의 시집을 사서 읽는다면 충분하다. 시집 한 권의 값은 책값 중에서 가장 저렴하다. 커피 한 잔 값이면 누구나 한 시대의 가장 빛나는 언어로 이루어진 한 권의 시집을 손에 넣을 수 있다. 한 달에 한 번 서점에 들러 시집을 한 권씩 사서 읽는 것은 정말로 가장 값싸고도 고상한 취미를 실천하는 방법이다.

시를 읽는 데에는 시간도 많이 걸리지 않는다. 소설처럼 오랜 시간을 읽는 데에 투자하지 않아도 된다. 직장의 책상 한구석에 자기가 사온 시집을 놓아 두고 잠깐씩 틈을 내어 한두 편씩 읽어도 되고, 호주머니에 시집을 넣고 다니면서 전철에서 꺼내 보아도 된다. 소설처럼 앞에서 읽은 대목의 줄거리를 다시 기억하려고 애쓰지 않아도 된다. 시를 읽는 일은 언제나 어디서나 자유롭다.

시는 가장 잘 정제된 언어로 이루어진다. 언어를 가다듬는 일은 심성을 가다듬는 일과 서로 통한다. 어느 시대이건 문화의 창조력은 언어로부터 나온다. 그리고 그 언어의 꽃이라고 할 수 있는 것이 바로 시이다. 거칠어진 언어를 가다듬고, 잃어버린 감정을 되찾을 수 있는 방법, 그것이 바로 시 읽기이다.

글을 써 주신 분들 중에는 전문적인 문필가가 아닌 분도 계시지만, 모두 누구 못지 않게 시를 아끼고 사랑하는 마음을 지닌 분들로 널리 알려진 명사분들을 한자리에 모시게 된 것을 독자와 함께 기뻐해 마지않는다. 바쁘신 중에도 귀한 글을 써 주신 여러 분들께 진심으로 감사드린다.

시를 사랑하는 것은 아름다운 언어를 사랑하는 것이며, 아름다운 마음을 사랑하는 일이다. 이 아름다운 언어의 성찬(盛饌)에 함께하여 주신 것에 대해 다시 한 번 감사드리며, 독자 여러분도 함께 이 시들의 잔치에 참여하여 주실 것을 당부드린다.

1999. 10.

차례

(원고 도착순)

1권 차례

2권 차례

서정적 빛

—박재삼의 〈추억(追憶)에서 67〉

'한'이란 무엇이겠는가.
팔다 남은 생선 눈깔의 빛은 오뉘를 둔 에미의 마음이다.
그 마음이 감각화되어 빛의 덩어리로 된 것,
그것이 생선의 눈깔이 아니겠는가.

김윤식(서울대 교수·문학평론가)

1959년 서울대 국문학과를 졸업하고, 76년 동 대학원에서 박사 학위를 취득했다. 62년 《현대문학》에 평론 부문으로 등단하였으며, 현재 서울대 국문학과 교수로 재직중이다. 대한민국문학상(평론 부문), 김환태평론상, 팔봉비평문학상 등을 수상하였으며, 《한국문학사》, 《이광수와 그의 시대》, 《한국근대문예비평사 연구》, 《임화 연구》 등 다수의 국문학 저서가 있다.

박재삼의 〈추억(追憶)에서 67〉

보주(普州)장터 생어물(魚物)전에는
바다밑이 깔리는 해다진 어스름을,

울엄매의 장사끝에 남은 고기 몇 마리의
빛 발(發)하는 눈깔들이 속절없이
은전(銀錢)만큼 손 안 닿는 한(恨)이던가
울엄매야 울엄매,

별밭은 또 그리 멀리
우리 오누이의 머리 맞댄 골방 안 되어
손시리게 떨던가 손시리게 떨던가,

보주남강(普州南江) 맑다 해도
오명가명
신새벽이나 밤빛에 보는 것을,
울엄매의 마음은 어떠했을꼬,
달빛 받은 옹기전의 옹기들같이
말없이 글썽이고 반짝이던 것인가.

서정적 빛

　6 · 25 전쟁이 일어나기 전의 어느 해 가을, 마산에서 중학교를 다니던 나는 이름난 진주예술제에 갔다가 거기서 남강을 보았다. 강낭콩꽃보다 더 푸른 흐름도, 촉석루도 보았고, 강 위에 걸려 있는 긴 다리도 보았다. 두메산골에서 자란 나는 마산의 쪽빛 바다에서 제비꽃을 보았다. 파도 소리보다도 바다의 빛깔을 보기 위해 어업조합이 있는 선창에 자주 드나들었다. 줄지어 늘어선 어물전에서 누워 있는 생선들을 수없이 보았다. 해질녘 어스름이면 생선들의 눈에서 파아란 인광이 빛났다.

　효제동 길가 허름한 집에 '현대문학사'라는 간판이 붙어 있었다. 중년의 사내와 청년이 대서소 사무를 보듯 거기 있었다. 시인 박재삼 씨를 거기서 보았다. 《한국전후문제시집》(1961)에서 박재삼 씨의 〈추억에서〉를 보았다. 〈남강가에서〉와 〈한(恨)〉도 거기서 보았다.
　박재삼 씨는 진주 사람이어서 남강가에서 자랐던 것일까. 진주 남강에서 잡은 생선과 마산 앞바다에서 잡은 생선의 빛 발하는 눈깔의 밝기란 어떤 차이가 있는 것일까. 이런 생각을 하다가 문득 나는 어떤 종류의 죄스러움을 느꼈다. 거기에는 멀어져 가는 별밭에서 오들오들 떨고 있는 오누이가 있고, 신새벽과 해다진 어스름에 가슴 조이는 '에미의 한(恨)'이 스며 있었기 때문이다.

'한'이란 무엇이겠는가. 팔다 남은 생선 눈깔의 빛은 오뉘를 둔 에미의 마음이다. 그 마음이 감각화되어 빛의 덩어리로 된 것, 그것이 생선의 눈깔이 아니겠는가. 팔다 남은 생선의 눈깔에서 빛 발하는 파아란 색 인광은, 따라서 안타까움이고 애처로움이자 최선을 다한 사람만이 갖는 회한이다. 자기 힘으로 그 이상 어쩔 수 없는 안타까움, 그것을 한이라 부르지 않는다면 무엇을 한이라 해야 하겠는가.

오뉘를 둔 에미의 마음이 팔다 남은 생선의 빛 발하는 눈깔이라면, 생선 눈깔의 그것은 오들오들 떨면서 기다리는 새끼를 가진 에미 마음의 다급함과 맞서는 것이다. 그 빛의 밝기란 시퍼렇게 살아 있는 세계가 아니고 무엇이겠는가.

만일 기다림에 지친 오뉘의 몸에 이상이 생긴다면 그 순간 생선 눈깔은 물신화(物神化)되어 인간 세계에 '해꼬지'를 하는 원귀의 세계로 돌변할 것이다.

그렇지만 진주 남강은 우리 에미의 마음을 잘 붙들어 주고 있었다. 새끼를 가진 에미의 마음이 달빛 받아 반짝이는 옹기로 감각화되어 나타나기 때문이다. 그냥 글썽이는 것도 아니다. 그냥 글썽이는 것은 위험하고도 불길하다. 그렇다고 반짝이기만 하는 것도 아니다. 무턱대고 반짝인다면 그것은 한갓 사금파리가 아니겠는가. 글썽이면서 반짝이는 것, 그것이 한의 표정이자 서정적 빛이다.

나의 나무
내나무 한 그루

—전라도 민요시, 〈나무타령〉

이 세상에 자연과 인생이 이토록 밀접한
동반 관계를 맺고 사는 나라가 또 있을까 싶다.
나무를 의인화하는 이같은 내나무 습속은 한국인의 너무나
인간적인 수목관(樹木觀)의 표현이랄 것이다.

이규태 (조선일보사 논설고문)

필자의 요청에 의해 캐리커처로 대신함.

연세대 이공대학을 졸업하고, 59년 조선일보사 수습기자로 입사하여 문화부와 사회부 기자를 거쳐 논설위원을 역임하였
으며, 현재 논설고문으로 재직중이다. 한국신문상과 서울시 문화상을 수상한 바 있으며, 《개화백경》, 《한국인의 의식구
조》, 《동양인의 의식구조》, 《이규태 코너》, 《한국인의 생활구조》, 《선비의 의식구조》 등 다수의 저서가 있다.

전라도 민요시, 〈나무타령〉

청명 한식에 나무 심으러 가자.

무슨 나무 심을래.

십리 절반 오리나무

연의 갑절 스무나무

대낮에도 밤나무

방귀 뀌어 뽕나무

오자마자 가래나무

깔고 앉아 구기자나무

거짓 없어 참나무

그렇다고 치자나무

칼로 베어 피나무

네편 내편 양편나무

입 맞추어 쪽나무

양반골에 상나무

너하구 나하구 살구나무

이 나무 저 나무 내 밭두렁에 내나무……

나의 나무 내나무 한 그루

〈나무타령〉은 이처럼 "내 밭두렁에 내나무"로 끝난다. 〈나무타령〉에 나오는 모든 나무들은 실제 있는 나무들이다. 한데 '내나무' 는 식물도감을 찾아보아도 없는 나무다. 하지만 내나무는 실제로 있었고, 나도 분명히 내나무를 보았다. 없는데도 있는 내나무의 연유는 이렇다.

내가 태어난 갈재의 깊은 산촌에서는 아이가 태어나면 그 아이 몫으로 나무를 심는 습속이 옛부터 있어 왔다. 딸을 낳으면 그 딸 몫으로 논두렁에 오동나무 몇 그루를 심고, 아들을 낳으면 선산에 그 아들 몫으로 소나무나 잣나무를 심었다. 그 아이에게 있어 그 탄생과 더불어 심은 나무가 내나무인 것이다.

그 딸이 시집갈 나이가 되어 혼례 치를 날을 받으면 십수년 간 자란 이 내나무를 잘라 농짝을 만들거나 반닫이를 만들어 주었던 것이다. 사내아이의 경우 내나무는 죽을 때까지 자라게 둔다. 육십년 안팎 자라고 보면 우람한 관목으로 자라게 마련이다. 그런 이 내나무를 베어 그 속에 들어가 영생할 관을 짰던 것이다.

이처럼 내나무는 나의 탄생과 더불어 나와 숙명을 같이하고, 죽을 때까지 더불어 묻히는 생명의 개체로서의 나의 생사를 초월한 영원한 반려인 것이다.

이 세상에 자연과 인생이 이토록 밀접한 동반 관계를 맺고 사는 나라가 또 있을까 싶다. 나무를 의인화하는 이같은 내나무 습속은 한국인의 너무나 인간적인 수목관(樹木觀)의 표현이랄 것이다.

우리 옛 목수들은 나무를 다루면서 판자가 뒤틀리면 그 뒤틀린 정도에 따라 '꿈틀거린다' 또는 '비친다'고 했다. 살아 있는 사람의 행동 동사로 표현한 것이다. 또한 나무를 뒤틀리지 않게끔 말릴 때 '아이들 잠재우듯이 재워 두라'고 한다.

모든 대소 건축에서 볼 수 있듯, 우리의 전통 목공은 가급적이면 못질을 피하고 철요(凸凹)로 맞추는 것이 정상적인 공법이었다. 못질한다는 것은 서투른 목수나 하는 짓으로 여겼던 것이다. 따라서 못질하지 말라는 것을 '다치지 말라'고 하고, 또 철요를 맞춘다는 것을 '아이 달래듯 달랜다'고 말했던 것이다. 이는 살아 있는 나무가 아닌 재목이 된 나무에게까지도 하나의 생명체로서 인간화하는, 너무나 인간적인 한국의 식물 휴머니즘인 것이다.

하물며 살아 있는 나무임에랴. 같은 나무에도 암수를 식별하여 암나무가 열매를 맺을 무렵에는 처녀 시집보내듯 나무를 시집보냈던 것이다. 《증보산림경제(增補山林經濟)》에 이 가수(嫁樹)하는 방법이 적혀 있는데, 정월 초하루나 대보름날 미명에 암나무의 Y자형 가지에 갸름한 양석(陽石)을 박아 줌으로써 성교를 유감시켰던 것이다. 고목의 Y자 가지 틈에 돌이 끼여 있는 것을 흔히 볼 수 있음은 바로 나무의 결혼 증명인 것이다.

'나무 간지럼'이라 하여 과수(果樹)가 물오를 무렵에 길다란 장대로 암나무의 Y자형 가지 사이를 비벼 줌으로써 간지럽히면 열매가 많이 맺는다 했는데, 이 역시 성감대 애무의 유감에서 비롯된 습속일 것이다. 아마 나무에게까지 시집을 보내고 섹스를 유감시킬 만큼 식물 휴머니즘이 발달된 나라는 이 세상에 없을 줄 안다.

한 그루 나무에 한 인생의 숙명을 기탁한 내나무이기에 내나무를 둔 민속도 다양했다.

이를테면 계집아이의 내나무 곁에는 해바라기를 심게 마련이다. 해바라기 씨앗을 빻아 기름을 짜기 위해서가 아니었다. 해바라기 회심(花心)에는 씨앗이 촘촘하고 또 많이 달려서, 이이 많이 낳길 바라는 기원으로 내나무 곁에 해바라기를 심었던 것이다. 곧 주술 기원을 그렇게 아름답게 했던 것이다.

시집가는 날 혼례 절차에 합근례가 있다. 표주박에 술을 따라 신랑 신부가 번갈아 입을 댐으로써 동심일체를 확인하는 절차인 것이다. 이 합근박으로 쓰일 표주박을 내나무 밑둥에 심어 그 박줄기를 내나무에 기어오르게 했던 것이다.

내나무를 둔 사람의 상징 작업이 이렇게 차원 높게 다양화돼 있었던 것이다. 내나무를 타고 자란 합근박에 입을 더불어 댐으로써 사랑을 서약하고, 그 합근박을 신방의 천장에 매어 둠으로써 사랑을 감시시켰으니 내나무는 그 주인공인 '나'와 보금자리 속에 들어와 공생하는 것이 된다.

나는 어릴 적에 무척 병골이었다. 소학교 2학년 때였던가, 당시 크게 유행하던 염병(장티푸스)에 재통까지 앓아 죽음을 예언받은 적이 있다. 이때 어머니는 선산에 심어 놓은 내나무를 찾아가 시루 떡 빚어 놓고 사흘 동안 주야로 기도를 드렸던 것이다.

또 언젠가는 뜨내기 점쟁이에게 사주점을 치는데 수명이 단명하다는 점괘가 나왔던 모양이다. 어머니는 실 서른세 타래를 사들고 내나무를 찾아가 그 실을 내나무에 감으며 백팔윤회 기도를 올렸던 것이다. 실은 길다 하여 수명을 연장시키는 주술 매체요, 서른세 타래의 실을 감은 뜻은 '33'이라는 수가 관음 사상에서 그 모두 전체 영원을 뜻하기 때문이었을 게다.

옛어른들 이야기를 들으면, 벼슬을 하면 맨 먼저 그 관대(管帶)를 내나무에 둘러 주었으며, 회갑이 되는 날엔 내나무 앞에 상을 차려 헌주를 시켰다고도 한다. 그 내나무가 지금은 베어지고 없다. 6·25 전쟁중에 누군가가 도벌했다고도 하고 공산 빨치산의 은거지가 된다 하여 베어 버렸다고도 한다. 그 나의 반신이 어느 마을 동구 밖에 장승이 되어 서 있는지, 어느 가난한 집 짓기 등이 되어 앙상하게 서 있는지, 한줌 재가 되어 어느 초가집 맨드라미 봉선화의 뿌리 밑에 잠겨 있는지 모를 일이다.

따뜻한 생명의
봄을 기다리리라

— 한용운의 〈해당화〉

한용운은 봄을 기다렸다.
금방 지나가는 봄을 원망하지 않은 채
다음해의 봄을 기다렸다.
그것은 포기가 아니라 기다림이다.

김용운(한양대 명예교수)

1958년 조선대 수학과를 졸업하고, 미국 어번 대학에서 석사 학위를, 캐나다 앨버타 대학에서 박사 학위를 취득했다. 62년 미국 위스콘신 주립대 조교수를 거쳐 한양대 수학과 교수, 한국전류과학연구소장, 한양대 대학원장 등을 역임했다. 현재 한양대 명예교수, 한국수학문화연구소장, 부산정보대 석좌교수로 재직중이다. 한국출판문화상, 서울시 문화상 등을 수상한 바 있으며, 《문화 속의 수학》, 《수학과 인간》, 《한국수학사》, 《수학의 신비》, 《일본인과 한국인의 의식구조》 등 다수의 저서가 있다.

한용문의 〈해당화〉

당신은 해당화 피기 전에 오신다고 하였습니다. 봄은 벌써 늦었습니다.

봄이 오기 전에는 어서 오기를 바랐더니, 봄이 오고 보니 너무 일찍 왔나 두려워합니다.

철모르는 아이들은 뒷동산에 해당화가 피었다고, 다투어 말하기로 듣고도 못 들은 체 하였더니,

야속한 봄바람은 나는 꽃을 불어서 경대 위에 놓입니다그려.

시름없이 꽃을 주워서 입에 대고 "너는 언제 피었니" 하고 물었습니다.

꽃은 말도 없이 나의 눈물에 비쳐서 둘도 되고 셋도 됩니다.

따뜻한 생명의 봄을 기다리리라

해방 직후의 혼란기를 거치면서 나는 가치의 척도가 하루 아침에 바뀌는 일을 여러 번 겪었다. 일제의 식민지 교육에서 민족적 가치관으로, 그리고 다시 공산군의 치하에서 살아야 했던 것이다. 이런 혼란의 틈바구니 속 벽촌에서 지적인 욕구의 목마름으로 애를 태우고 있을 때, 나는 변하지 않는 진리를 찾고 싶었다. 정권이 바뀌어도 변하지 않는 진리가 꼭 있을 것이라 믿었다.

중학교 수학 시간에 수학이 모든 학문의 기초라는 것과, 플라톤의 아카데미 현판에 "기하학을 모르는 자, 이 문에 들어서지 말지어나"라는 경구가 쓰여 있었다는 이야기를 듣고, 나는 수학의 묘미에 대해 생각하기 시작했다. 나에게는 그것이 곧 혼란한 시기를 살아가는 지적 목표가 되었다. 실제로 내가 수학을 전공하겠다고 마음을 정한 것도 이런 유치한 발상에서였는지도 모르겠다. 나는 그때부터 의식적으로 피타고라스, 플라톤을 주류로 하는 서구의 철학 사상에 몰두해 왔다.

그래서인지 문학에서도 그 동안은 동양 문학은 물론 한국 문학보다 서구 문학에 친숙해 왔다. 그리고 막연하게 한국 문학과 서구 문학의 큰 차이를 감지하고 나름대로 '한국적', '서구적'이라는 의미를 새기게 되었다.

우선 금방 떠오르는 몇 가지 재미있는 현상이 있다. 한국을 포함한 동양 문학에는 서구와 같은 비극이나 서사시의 고전이 없는 것이다. 또한 한국은 다른 나라에 비해 유별나게 SF와 추리소설 분야가 저조하며, 이것과는 대조적으로 시집이 베스트셀러가 되어 화제가 될 때도 있다. 이런 일은 서구는 물론 같은 동양권인 중국이나 일본에서도 보기 드문 일이다. 이와 같은 한국 문학의 경향은 우리 전통 문화의 특성을 시사한다. 이 사실을 나는 한국인의 기본적 사고 내지는 가치관에서 기인하고 있음을 감지했다. 한국인의 정서(pathos)가 이성(logos)을 압도하는 까닭일 것이다.

서구 문학은 파토스와 로고스, 즉 파스칼이 말하는 '섬세함과 기하학의 정신'이 줄곧 대립하고 융합하면서 과학 발전의 동기를 제공해 왔다. 그것은 서구 문학이 중요한 주제로 삼아 온 '지(知)'와 '대결 정신'의 전통 때문이기도 할 것이다.

희랍 비극은 서구 문학 원류의 하나로, 특히 《오이디푸스(Oidipous)》는 지의 탐구, 지적인 도전, 지의 한계 인식 등 '지'를 주된 주제로 다루고 있고, 그 형식은 요즘의 추리소설을 방불케 한다.

그러나 한국 문학에서는 이러한 전통을 찾을 수가 없었다. 한국 문학계에서 과학소설이나 추리소설이 저조한 것도 이 때문이라는 생각이 들었다. 그런 생각이 들자, 나는 당혹스러웠다.

헤밍웨이가 《노인과 바다》로 노벨문학상을 받았다는 사실이 알려지자마자, 나는 서둘러 그 작품을 읽었다. 노벨문학상이라는 화려한 수식어와는 달리, 그 내용은 한 노인이 큰 고기와 하룻밤 내내 씨름한 이야기에 불과했다. 나는 왜 그 작품이 노벨문학상을 받았는지 이해할 수 없었다.

그에 비하면, 한용운 선생은 평생 동안 온몸으로 일제에 항거한 인물이었다. 그 일은 고기 한 마리를 잡는 일과는 비교도 되지 않을 정도로 거룩한 일이다. 그러나 그가 그토록 많은 시를 남겼음에도 그의 작품은 노벨상은커녕 서양 문학인의 눈에 띄는 일조차 없었다.

왜일까? 이 물음에 대한 해답을 얻은 것은 헤밍웨이의 《킬리만자로의 눈》을 읽었을 때였다. 그것은 "킬리만자로, 높이 19,700피트, 눈에 뒤덮인 이 아프리카 대륙의 최고봉, 그 서쪽 봉우리에는 말라 얼어붙은 한 마리의 표범의 시체가 있다. ……도대체 그 높은 곳에서 무엇을 찾고 있었는지 아무도 설명해 주는 사람은 없었다"로 시작된다. 그 내용은 강렬한 대결 의식, 도전 의식의 표시로 간주된다. 이 작가는 이러한 정신을 노인이 홀로 바다에서 큰 고기와 싸우는 모습으로 묘사한 것이다.

그러나 한용운의 강력한 저항 정신, 열렬한 독립 투쟁의 흔적은 그의 시 속에서는 거의 그 흔적을 찾아볼 수가 없다. 우리와 적과의 대립도 초월한, 따뜻한 한국인의 선 의식 속에 용해되어 있는 것이다.

나는 수학과 씨름하면서 피곤해지면 곧잘 한용운 시집 《님의 침묵》을 읽었다. 그 가운데 가장 마음을 편하게 해주는 것은 〈해당화〉였다.

당신은 해당화 피기 전에 오신다고 하였습니다. 봄은 벌써 늦었습니다.

봄이 오기 전에는 어서 오기를 바랐더니, 봄이 오고 보니 너무 일찍 왔나 두려워합니다.

희랍 정신에 뿌리를 둔 수학은 《오이디푸스》의 주제인 지적인 투쟁이자 싸움이기도 하다. 가령 유클리드 기하학은 단순히 도형의 학문은 아니다. 그것은 도형을 자료로 삼는 지성의 체계이며, 그것으로 차곡차곡 한 걸음씩 높은 목표로 올라간다. 다음과 같은 유클리드 기하학의 명제를 생각해 보자.

"삼각형의 두 변의 길이의 합은 다른 한 변의 길이보다 길다."

개는 먹이를 뒤쫓을 때 지그재그로 가지 않고 목표물을 향해 직선으로 달린다. 동물조차도 본능적으로 직감할 수 있는 이 명제를 굳이 이와 같이 정리의 형식으로 배울 필요가 있는가. 그러나 유클리드는 일단 설정한 정리의 증명이 공리(현 시점에 있어서의 가능한 도전)로부터 차곡차곡 논리적으로 전개된다는 사실을 중요시한 것이었다. 이것은 이상(정리, 꿈)을 설정하고, 그것에 도달하는 길을 논리정연하게(합리적으로) 제시하는 체계이기도 하며, 한편으로는 지적 세계의 돌담을 한 발씩 걸어 올라가는 과정이기도 하다.

《노인과 바다》의 강한 대결 정신 또는 도전 의식과 〈해당화〉의 '기다림'의 마음은 매우 대조적이다. 이와 같은 대조적인 태도는 문학 전반에 반영되어 저마다 문화권의 문학 특성을 나타내며, 특히 서구 문학의 중요한 주제인 대결 정신은 때로 과학적 상상력의 가능성과 한계를 제시한다.

그러나 그것이 비극의 결말을 가져온 것은 이미 희랍 이래의 전통 속에 감지되어 있다. "비극의 정신은 기하학의 정신과 같다"고 화이트헤드(Whitehead)도 갈파했다. 인간의 운명은 기하학의 공리와도 같이 일단 정해지면 바꿀 수 없다. 운명을 알아차리지 못한 인간이 힘을 다하다가 마침내 좌절하게 되는 데에 바로 인간의 숭고함이 있으며 그것이 곧 비극이기도 하다.

나이가 들어감에 따라, 수학의 냉엄한 논리의 벽에 부딪힐 때마다 마음은 한국의 정서 세계를 빈번하게 넘나들게 되었다. 내가 결국 한국인임을 자각한 것은 그 무렵의 일이었고, 한용운의 시세계의 포근함을 이 시에서 만끽했다. 대결하지 않으면서 기다림의 마음속에 위안을 느끼는 것은 그 때문이기도 했을 것이다.

한용운은 봄을 기다렸다. 금방 지나가는 봄을 원망하지 않은 채 다음해의 봄을 기다렸다. 그것은 포기가 아니라 기다림이다. 여기에 좌절하지 않는 한국인의 생명력과 지혜가 있다. 나는 실패하고 좌절감에 싸일 때마다 이 시를 되새긴다.

나는 셸리의
목소리를 들었다
—P.B.셸리의 〈오지만디아스〉

주변에는 아무것도, 오지만디아스가 이룩한
아무런 업적의 자취도 남지를 않았다.
그리고 그렇게 우상이 무너진
폐허의 주변에는 무엇이 남았는가?

안정효(소설가)

1941년 서울에서 태어나 서강대 영문과를 졸업했다. 64년 《코리아 헤럴드》 문화부 기자를 시작으로 《코리아 타임스》와 브리태니커 백과사전 한국지사의 편집부장으로 근무하였다. 75년 G.G. 마르케스의 《백 년 동안의 고독》을 번역, 월간 《문학사상》에 연재하면서 번역일을 시작하여 지금까지 150여 권의 책을 번역하였다. 83년 《실천문학》에 장편 《전쟁과 도시》(후에 《하얀전쟁》으로 제목을 바꿈)로 등단하였고, 이후 《가을바다 사람들》, 《학포 장터의 두 거지》, 《갈쌈》(후에 《은마는 오지 않는다》로 제목을 바꿈), 《미늘》, 《헐리우드 키드의 생애》 등의 작품을 발표하였다.

P. B. Shelly, 〈Ozymandias〉

I met a traveler from an antique land

Who said: Two vast and trunkless logs of stone

Stand in the desert. Near them, on the sand,

Half sunk, a shattered visage lies, whose frown,

And wrinkled lip, and sneer of cold command,

Tell that its sculptor well those passion read

Which yet survive, stamped on these lifeless things

The hand that mocked them and the heart that fed;

And on thepedestal these words appear:

"My name is Ozymandias, king of kings:

Look on my works, ye Mighty, and despair!"

Nothing besides remains. Round the decay

Of that colossal wreck, boundless and bare

The lone and level sands stretch far away.

P. B. 셸리의 〈오지만디아스〉

옛땅에서 찾아온 나그네를 만나 얘기를 들어 보니,
사막에 세워 놓은 석상이 몸뚱어리는 없어지고
거대한 두 개의 다리만 남았다고 했다.
근처에는 산산조각 부서진 석상의 얼굴이
반쯤 모래 밑에 묻혔는데, 험상궂은 표정과
꽉 다문 입술. 차가운 위엄이 담긴 비웃음을 보니
그러한 감정을 조각가가 훌륭한 솜씨로 담아 내어
생명이 없는 돌덩이에 새겨진 격렬한 감정은
그것을 조롱한 손이나 경배를 드렸을 마음을 이겨냈고,
대좌(臺座)에는 이런 글이 적혔노라고 했다.
"내 이름은 오지만디아스, 왕 중의 왕이니,
위대한 자여, 내 업적을 둘러보고 절망하라."
그것만이 남았다. 거대한 몰락의 폐허 주변에는
끝도 없이 황량하게 쓸쓸하고 헐벗은 모래밭이
멀리멀리 뻗어나가기만 했더란다.

* T. S. 엘리엇은 시를 번역한다는 일이 불가능하다고 말했지만, 그래도 셸리의 〈오지만디아스〉
를 우리말로 옮겨 본다면 아마도 이와 비슷한 내용이 되지 않을까 싶다. ― 필자 주

나는 셸리의 목소리를 들었다

　그림을 그리겠다는 어릴 적부터의 꿈을 포기하고 갑자기 문학을 전공으로 택해서 대학에 들어간 나는 영문학을 접할 준비가 별로 되어 있지를 않았고, 그렇게 준비가 되지 않은 상태로 해서 역설적으로 오히려 문학의 세계는 그만큼 더 깊은 신비와 모험이 가득한 모습을 하고 나를 기다려 줬는지도 모를 일이다.

　물론 훨씬 다양하고 심오한 소설의 세계에서는 저마다 위대한 사상과 통찰력을 지닌 작가들이 창조해서 후세에 남긴 그들 나름대로의 삶과 현실을 해석하고 음미하는 기쁨이 끝없었지만, 시의 세계 역시 어리고 황량하기만 하던 나의 마음을 사로잡기는 마찬가지였다.

　한국 전쟁의 후유증으로, 그리고 삭막하고도 가난한 현실로부터 아직 별로 자유롭지 못했던 나의 초라한 영혼에게는 시의 세계가 정말로 놀라운 하나의 발견이었다. 기껏해야 《괴도 루팡》이나 《암굴왕》 그리고 《똘똘이의 모험》이 고작이었던 나의 문학 세계는 번브락(John E. Bernbrock), 데일리(John P. Daly) 그리고 브루닉(Jerome E. Breunig) 교수가 가르쳐 주던 빅토리아 시대와 낭만파의 시인들이 남겨 놓은 수많은 작품을 접하기 시작하면서 영시의 오묘한 맛과 기쁨을 한 톨씩 추억으로 마음속에 담아 두기 시작했다.

그리고 그때 접했던 수많은 시인의 수많은 작품 가운데 가장 먼저 나를 매혹시켰던 시가 바로 낭만파 시인 셸리(Percy Bysshe Shelly, 1792 - 1822)의 〈오지만디아스(Ozymandias)〉였다.

몇 학년 때였는지도 기억이 나지 않고 어느 교수한테서 배웠는지도 잘 모르겠지만, 처음 교실에서 오지만디아스를 만났던 순간의 감격은 아직도 생생하고, 그래서 그때부터 나는 무수히 그 시를 읽고 또 읽었다. 그리고 물론 아무리 거듭 읽어도 그때의 감동은 사라지지를 않고, 오지만디아스라는 인물 자신이나 마찬가지로 시에 담긴 깊은 의미는 더욱 새로워지기만 한다.

〈오지만디아스〉는 14행시[sonnet]이다. 14행시라면 열네 줄에 맞춰서 한 작품을 쓰는 데서 그치지 않고, 약강(弱强)의 박자를 행마다 같은 수로 반복해서 끝까지 유지해야 하고, 거기에다 보격(步格, meter)과 각운(脚韻, rhyme)까지도 지켜야 하는 대단히 까다로운 형식이다. 〈오지만디아스〉는 14행시에서 가장 기본적이고 대표적인 약강 5보격(imabic pentameter)이어서, 14행 모두가 '품바품바품바품바품바'의 박자에 맞게끔 되어 있다. 그러면서도 셸리는 그가 추구하는 자유의 이념을 이 열네 줄에서 힘차게 노래한다.

그러나 처음 이 14행시를 접하던 영시(英詩) 시간에 나는 물론 그런 모든 시적인 장치를 의식하지 못했다. 오랜 시간과 머나먼 공간을 뛰어넘어 상상 속에서 나는 셸리의 목소리에 귀를 기울이며, 옛 땅으로부터 흘러온 어느 나그네의 얘기를 들었다.

나그네가 말하기를, 머나먼 땅, 아마도 애굽이라는 이름으로 불리었을 듯한 땅에서 사막을 건너다가 몸통은 없어지고 다리만 남은 거대한 석상(石像)을 보았노라고 했다. 그리고 근처를 둘러보니 모래밭에 저만치 깨진 얼굴이 반쯤 파묻혔고, 파괴된 석상의 표정을 보니 험상궂게 미간을 찡그리고 입은 꽉 다물었는데, 차가운 미소를 입가에 띠고 그가 호령을 하면 서슬이 서퍼럴 것만 같다고 했다.

조각가의 솜씨가 워낙 뛰어나서 살았을 당시의 모습이 지금도 그대로 돌에서 살아 움직이는 듯하고, 그리고 무너진 석상의 받침대가 눈에 띄기에 나그네가 가서 읽어 보니 이런 글이 적혀 있었다고 한다.

"내 이름은 오지만디아스, 왕 중의 왕이니. / 위대한 자여, 내 업적을 둘러보고 절망하라."

그러나 주변에는 아무것도, 오지만디아스가 이룩한 아무런 업적의 자취도 남지를 않았다. 그리고 그렇게 우상이 무너진 폐허의 주변에는 무엇이 남았는가? 사방을 둘러 봐도 황량하고 끝없는 사막의 모래밭, 허무만이 쓸쓸한 지평선을 이룬다. 이것은 셸리가 찾아낸 사막, 막강한 군주의 영광이 몰락해 버리고 폐허만 남은 사막의 풍경이다.

셸리는 권력과 제도의 속박으로부터 해방된 인간을 추구하던 영국의 시인이었다. 아버지가 지주에 정치가여서 보수적인 지방 귀족의 아들로 태어나기는 했지만, 일찍부터 계몽운동의 영향을 받았던 그는 영국의 정치와 교회에 반항하며 인간의 자유를 추구했다.

명문 이튼 고등학교를 다니며 고리타분한 전통에 찌든 이튼을 무척이나 싫어했던 셸리는 옥스퍼드에 다니던 시절에는 〈무신론의 필요성(The Necessity of Atheism)〉이라는 글을 써서 돌리기도 했고, 이 논문에 대한 '어떤 특정한 질문들에 대답하기를 거부한 패씸죄(contumacy)'로 인해 결국 제적을 당하기도 했다.

결혼이라는 생활 제도에 따른 속박에도 저항했던 그는 열아홉 살이 되었을 때 열여섯이던 해리어트 웨스트브룩(Harriet Westbrook)과 도망을 쳐서 2년 동안 영국과 에이레를 떠돌며 살기도 했다. 너무나 평범해서 별로 대단할 것도 없었던 여자인 해리어트은 제대로 세상을 알지도 못하던 나이에 위대한 시인의 여자가 되어 한평생을 불행하게 보내는데, 이때의 방랑시절에도 셸리는 정치적인 불의를 공격하는 글을 많이 썼다.

1814년, 3년 동안 같이 살았던 해리어트과 사이가 멀어지면서, 셸리는 〈정치적인 정의(Political Justice)〉를 발표한 윌리엄 가드윈(William Godwin)과 가깝게 지내다가 결국 그의 딸 메어리와 눈이 맞아 두 사람은 유럽 대륙으로 사랑의 도피행에 오른다. 물론 해리어트의 인생은 비참했고, 셸리는 한때 해리어트에게 메어리와 자신과 함께 셋이서 같이 살자고 해괴한 제안까지 했다고 한다.

2년 후 해리어트가 자살한 다음, 셸리는 메어리와 정식으로 결혼을 하고, 1818년 이탈리아에 정착한다. 이때부터 그는 가장 왕성한 작품 활동을 하는 시기에 들어서는데, 〈오지만디아스〉 역시 1818년에 완성했다.

아내 메어리 셸리(1797~1851)는 소설가로서 활동했는데, 그녀의 대표작으로 훗날 괴기 영화에 단골로 등장하는 《프랑켄슈타인(Frankenstein, or The Modern Prometheus)》 역시 1818년에 출판되었다는 사실이 참으로 흥미롭다.

욕심과 집착
— 박목월의 〈산이 날 에워싸고〉

누구나 가지지 못한 것을 부러워한다.
가지 못할 세계를 그리워한다.
그래서 나는 박목월을, 그의 시를 좋아한다.

오세훈 (변호사)

1983년 고려대 법학과를 졸업하고, 동 대학원에서 박사과정을 수료했다. 84년 제26회 사법시험에 합격하여, 88년 사법연수원 과정을 마쳤다. 91년부터 변호사 활동을 시작하여 현재까지 법률사무소를 운영하고 있다. 96년 경원대 민사소송법 강사, 《시사저널》편집자문위원 및 97년부터 숙명여대 법학과 겸직교수와 방송매체에서 진행자로도 활동하고 있다. 저서로는 《가끔은 변호사도 울고 싶다》, 《비전을 갖는 젊음은 아름답다》 등이 있다.

박목월의 〈산이 날 에워싸고〉

산이 날 에워싸고
씨나 뿌리며 살아라 한다
밭이나 갈며 살아라 한다

어느 짧은 산자락에 집을 모아
아들 낳고 딸을 낳고
흙담 안팎에 호박 심고
들찔레처럼 살아라 한다
쑥대밭처럼 살아라 한다

산이 날 에워싸고
그믐달처럼 사위어지는 목숨
그믐달처럼 살아라 한다
그믐달처럼 살아라 한다

욕심과 집착

　　시를 늘 가까이 두고 즐기기에는 너무도 삭막한 인생을 살고 있다. 다 욕심이 많기 때문이다. 어느 날 의미 있는 판결을 하나 받아냈다. 2년 3개월 사투 끝의 처절한 승리였다. 설명해 달라는 부탁으로 TV에 나갔다가 운명처럼 방송을 시작했다. 이름을 얻게 되었다. 그러니 이름 값을 해야 했다. 집착이 생긴 것이다.

　방송에 너무 기운다는 소리가 들렸다. "자식들아! 남이야." 재판에 악착같이 매달린다. 둘 다 잘해야 떳떳하니까. 욕심이다. 그래서 칼럼도 쓴다. 강의를 해달라 한다. 거절하지 않는다. 원래 하고 싶었던 짓이니까. 내친 김에 중단했던 학위도 마무리해야겠다. 명색이 교수인데 박사가 아니라서야 될 말인가. 그래서 미국으로 간다. 박사가 저서가 없어서야 되겠나. 책도 낸다. 시민 운동도 계속해야 한다. 예전과 똑같이 열심히 해야 한다. 사람 달라졌다는 소리 들으면 안 되니까. 욕심인 줄 나도 안다. 하지만 뭐 하나 버릴 것이 없다. 원고 청탁. 법률 칼럼 연재. 허덕이면서도 포기하지 않는다. 욕심이다. 부질없는 욕심인 것을 잘 안다.

　치명적인 패배를 맛본 적이 있었다. 승리에 도취해 있을 때의 패배라서 그런지 너무 아팠다. 견딜 수 없었다. 그때 "자식들아! 관뚜껑 닫을 때 보자. 인생은 마라톤이다"고 외쳤다. 그러니 더더욱 멈춰 설 수 없다. 그래서 지금 이렇게 산다.

　누구나 가지지 못한 것을 부러워한다. 가지 못할 세계를 그리워한다. 그래서 나는 박목월을, 그의 시를 좋아한다. 그의 시에서는 허허로움이 묻어난다. 우리같이 인생에 목표와 성취만이 가득한 세속적인 자들. 지지 않기 위해 발버둥치는 평범한 자들. 그들이 감히 범접 못할, 그러나 언젠가는 할 수 없이 되돌아가야 할 그 무엇이 있다. 욕심이 없어 좋고 집착이 없어 푸근하다. 그냥 조용히 흘러가고 있다. 담담하고 쓸쓸하고 덧없다. 〈나그네〉가 그렇고 〈달〉이 그렇다. 조용하고 은은하다. 차분히 가라앉은 정적(靜寂)이 있다. 그리고 맑고 투명하다. 〈윤사월〉이 그렇고 〈청노루〉가 그렇다. 사람들에게 둘러싸여 정신없이 돌아가는 어수선한 인생, 시끄러운 하루하루를 사는 내가 가슴 시리도록 가고 싶은 곳. 그곳이 바로 그가 사는 세계다. 그가 머무는 시계(詩界)다. 비록 읽을 때 잠깐뿐이고 아침에 눈을 뜨면 또다시 갑옷 입고 전쟁터로 달려가지만, 단 한 시간이라도 헛되이 쓰면 견뎌 내지 못하는 강박 속에 살지만, 그런 내가 가고자 하는 곳이 모두 다 바람이 쓸어 담아 지워 버릴 그 자리라면 나는 무언가. 나는 무엇을 위하여 그리도 집착하는가.

앉은 자리가 나의 자리다.
자갈밭이건 모래톱이건

저 바위에는
갈매기가 앉는다. 혹은
날고 끼룩거리고

어제는
밀려드는 파도를 바라보며
사람을 그리워하고

오늘은
돌아가는 것을 생각한다.

바다에 뜬 구름을 바라보며,

세상의 모든 것은
앉는 자리가 그의 자리다.

벼랑 틈서리에서
풀씨가 움트고

낭떠러지에서도
나무가 뿌리를 편다.

세상의 모든 자리는
떠 버리면 흔적 없다.
풀꽃도 자취없이 사라지고

저쪽에서는
파도가 바위를 덮쳐
갈매기는 하늘에 끼룩거리고

이편에서는
털고 일어서는 나의 흔적을
바람이 쓰담아 지워 버린다.

— 〈무제(無題)〉, 박목월

사랑,
그 영원한 불변의 진리
—한용운의 《님의 침묵》

사람 운명의 일대 반전극이라도 보듯이
통쾌한 희망과 소망의 종장 구절에 이르러
나도 모르게 쾌재의 만세를 부르기까지 하곤 하였다.

조세형(국회의원)

1953년 서울대 독문학과를 중퇴하고, 66년 하버드 대학 국제정치학과를 수료했다. 57년 관훈클럽을 창립하고, 63년 《경향신문》 편집국장, 74년 《한국일보》 논설위원 등을 역임하고, 79년 제10대 국회의원으로 당선되어 정치계에 입문했다. 이어 88년 평민당 정책위원회 의장, 92년 민주당 최고의원 등을 거쳐 민주당 부총재, 새정치국민회의 총재권한대행 등을 역임했다. 현재 제15대 국회의원이며, 새정치국민회의의 상임고문으로 재임중이다. 역서 《사회 제3세력》 등과 《워싱턴 특파원》, 《힘의 정치 민주의 정치》, 《개혁의 문은 열리는가》, 《21세기 한국의 발전 전략》 등 다수의 저서가 있다.

한용운의 〈님의 침묵〉

님은 갔습니다. 아아 사랑하는 나의 님은 갔습니다.

푸른 산빛을 깨치고 단풍나무 숲을 향하여 난 적은 길을 걸어서 차마 떨치고 갔습니다.

황금의 꽃같이 굳고 빛나던 옛 맹서는 차디찬 티끌이 되어서, 한숨의 미풍에 날아갔습니다.

날카로운 첫 '키스'의 추억은 나의, 운명의 지침(指針)을 돌려 놓고, 뒷걸음쳐서, 사라졌습니다.

나는 향기로운 님의 말소리에 귀먹고, 꽃다운 님의 얼굴에 눈멀었습니다.

사랑도 사람의 일이라, 만날 때에 미리 떠날 것을 염려하고 경계하지 아니한 것은 아니지만,

이별은 뜻밖의 일이 되고 놀란 가슴은 새로운 슬픔에 터집니다.

그러나 이별이 쓸데없는 눈물의 원천(源泉)을 만들고 마는 것은 스스로 사랑을 깨치는 것인 줄 아는 까닭에, 걷잡을 수 없는 슬픔의 힘을 옮겨서 새 희망의 정수박이에 들어부었습니다.

우리는 만날 때에 떠날 것을 염려하는 것과 같이, 떠날 때에 다시 만날 것을 믿습니다.

아아 님은 갔지만은 나는 님을 보내지 아니하였습니다.

제 곡조를 못 이기는 사랑의 노래는 님의 침묵을 휩싸고 돕니다.

사랑, 그 영원한 불변의 진리

"님은 갔습니다. 아아 사랑하는 나의 님은 갔습니다. / 푸른 산빛을 깨치고……"

영탄조의 첫머리부터 나는 심연과도 같은 아득한 체념과 절망을 느꼈다. 슬픈 것이 아름다운 것이라는 감상도 가끔씩은 느껴 보는 나였지만, 이것은 그런 한가로운 슬픔이 아니라 영영 돌아올 길 없는 곳에 님을 떠나 보내는 절망과 포기와 심지어 반감이기까지 하였다.

내가 이 시를 즐겨 읽던 때가 17, 8세의 소년시절이었으니, 딴에는 제법 소숙한 섯이었을까? 어쨌든 나는 그런 절망감으로 이 한용운 시를 시작하였다가, 마침내 사람 운명의 일대 반전극이라도 보듯이 통쾌한 희망과 소망의 종장 구절에 이르러 나도 모르게 쾌재의 만세를 부르기까지 하곤 하였다.

그렇지, 선하고 죄 없는 사람에게 영영 불운의 운명이 씌워져 끝날 수는 없는 것이지!

"그러나 이별이 쓸데없는 눈물의 원천을 만들고 마는 것은 스스로 사랑을 깨치는 것인 줄 아는 까닭에, 걷잡을 수 없는 슬픔의 힘을 옮겨서 새 희망의 정수배기에 들어부었습니다."

그리고 나서 나는 끈질긴 희망의 엑스터시를 향해 〈님의 침묵〉의

끝줄을 힘주어 읽게 된다.

"아아 님은 갔지만 나는 님을 보내지 아니하였습니다. / 제 곡조를 못 이기는 사랑의 노래는 님의 침묵을 휩싸고 돕니다."

거기서 나는 안도의 한숨을 깊게 내쉬어 본다. 절망에서 소망으로, 소망에서 나는 결코 님을 보내지 아니하였다는 자기 확신과 충족감으로, 이렇게 왔다갔다 하기를 한 열 번쯤 하면 가슴이 후련해지고 몸 안에서 슬픔의 찌꺼기도 다 소잔해지는 것을 체감하곤 했던 것이다.

소리를 내어 읽어야 좋았다. 영탄조로 읽어야 좋았다. 그리고 한숨을 푹푹 내뿜어대며 읽어야 더 좋았다.

나는 처음부터 한용운의 '님'이 도둑맞은 우리 땅이요, 빼앗긴 우리 조국이었다는 것을 알고 있었다. 만해(萬海) 한용운은 본래부터가 그런 생을 살아온 사람이었으니까…….

동학에 가담하고, 3·1 독립선언서에 서명하여 핍박받고, 신간회 운동을 일으켜 싸움을 해왔던 그의 모든 이력이 그것을 잘 말해 준다.

그는 일 년을 더 기다리지 못하고 조국의 해방을 보지 못한 채 세상을 뜨고 말았지만, 그 스스로 눈을 감을 때까지 결단코 '님'을 보내지도 않았고 포기하지도 않았으며, 필연코 님의 귀향과 님의 부활을 믿는 가운데 님과 작별하였다.

작별의 마지막 순간에 지니는 상념과 믿음이 그 사람의 영원한

'현실'로 존속케 되는 것이라면, 한용운은 나라의 해방을 보고 죽은 사람이고 또 나라의 광복을 만세 부르고 죽은 사람이다.

그런데, 그건 그렇다 치고라도 〈님의 침묵〉은 여전히 사랑의 시임에는 틀림없다. 그렇기 때문에 님은 아리따운 나의 연인이기도 하고 또 사랑하는 나의 조국이기도 하는 두 겹의 상념 속에서 부침(浮沈)한다.

어떤 때는 소리 내어 읽으면서 두 가지 것을 다 함께 떠올리기도 한다. 그리고 이 이중의 상념은 결코 서로 충돌하지 않으며, 오히려 함께 포개어지기도 하고 서로 손잡고 껴안기도 하면서 같이 간다.

과연 21세기의 현란한 새 천년을 눈앞에 둔 오늘의 젊은이들에게 떠올려지는 '님'은 어떤 님일까? 이제 사랑은 어떤 가치로 변했으며 나라는 무엇으로 대치되어 있을까?

역사의 법칙에 따라 모든 것이 변한다는 사실을 굳이 거부하거나 부인하고자 하는 것은 아니지만, 바로 그 점, 즉 오늘의 사랑의 가치를 들어 보고 싶어 몹시 궁금하다. 그리고 옛날이나 지금이나 그 '사랑'의 진수는 한 가지로 통해 있을까……. 나는 그것도 더욱 궁금해진다. 다만 한 가지만 부탁하자. 어느 곳 어느 시대에도 사랑을 노래하는 것은 영원히 아름다운 것이라는 이 한 가지 진리만은 천년 만년 변할 수 없다는 것을 우리 모두 확인하고 넘어가자.

두 사람의 시

—이은상의 《기원》, 길은정의 《사랑 3》

암을 통해 소중한 사랑을 알게 되어
오히려 자신을 괴롭히는 암에게 감사하고 있다 하니,
그런 젊은 나이에 생사를 도통한 태도가
몹시도 감탄스러웠다.

조경철(한국우주환경과학연구소장)

1929년 평북 신천 태생으로 평양에서 거주하다 46년 월남하여 연희전문 물리학과에 입학하였다. 6·25 사변으로 종군하여 육군 대위로 제대한 뒤 54년 도미, 펜실베이니아 대학에서 천문학 박사와 더스컬럼 대학에서 정치학 박사 학위를 받았다. 62년부터 6년 동안 미 해군 천문대 및 미 항공우주국(NASA) 연구원, 메릴랜드 대학 교수 등을 거쳐 68년 귀국하여 연세대와 경희대 교수, 한국천문학회장과 한국우주과학회장을 역임했다. 저서로는 《현대우주물리학》, 《전파천문학》 등 다수의 전문서적이 있다. 현재 한국우주환경과학연구소장으로 재임중이다.

이은상의 〈기원〉

푸른 동해 가에
푸른 민족이 살고 있다
태양같이 다시 솟는
영원한 불사신이다
고난을
박차고 일어서라
빛나는 내일이 증언하리라

산 첩첩 물 겹겹
아름답다 내 나라여
자유와 정의와 사랑 위에
오래거라 내 역사여
가슴에
손 얹고 비는 말씀
이 겨레 잘 살게 하옵소서

눈부신 해와 달과 별들과
비와 이슬, 눈, 서리, 구름과 안개
저 올망졸망한 산들과 강과 바다
너무도 화려한 천지창조

창조의
거룩하고 신비한 뜻을
누가 감히 어길 것이랴

여기 벌 한 마리, 나비 한 쌍
세상 돌아가는 일 아랑곳 없이
정성껏 꽃가루를 빨고 있다
얼마나 순결한 세계냐
이것이
신의 참뜻이다 평화다
우리 원하는 것 바로 이것이다

영생도 멸망도 제가 짓는 것
낙원도 지옥도 제가 짓는 것
화약고(火藥庫)에 불을 지르기 전에
인간의 본성, 본연으로 돌아가자
아! 세계여
더러운 진흙 속에서
연꽃처럼 피어 오르라

길은정의 〈사랑 3〉

감정이 이성을 이기고
욕망이 양심을 이기고
몰상식이 상식을 이겨도
부끄럽지 않은 승부

두 사람의 시

　　문학을 전공하거나 또는 좋아하는 사람들은 물론이겠지만, 그 분야에 관련되지 않은 사람이라 할지라도 평생에 시 한두 편을 접하지 않은 사람은 없을 것이다. 특히나 다감한 시절인 중고등학교나 대학 시절에 인생과 사랑에 관한 시에 마음을 달래 보거나 또는 그 자신도 한 수 읊어 본 경험은 아마도 누구에게나 있었으리라 믿는다.

　　나도 중학생일 때는 타고르며 휘트먼의 시를 좋아했으나 가혹한 제2차 세계대전의 말기였기에 일 년 동안 이른바 근로 봉사에 끌려 다니느라고 매일매일 피곤한 몸을 이끌고 먹고 자고 일하고 또 먹고 자고 일을 하는 것에만 매달려 있어야 했으니, 시정(詩情)에 몸을 담을 여유란 정말로 거의 없었다.

　　그러다 일본이 항복하고 우리는 우리말을 되찾았다. 주로 일본말로 된 시를 읽던 내가 한국말로 된 시를 처음으로 접하게 됐고, 그 신선한 감동은 1945~1946년에 걸쳐 중학교(지금의 고등학교) 졸업반 때의 국어시간에 선생님이 읽어 주신 고(故) 이은상(李殷相) 선생님의 시로부터 처음 받았다. 나는 다음해에 김일성 대학 1학년 시절 반동죄로 1개월 간의 옥살이를 치른 뒤에 남한으로 혼자 도망쳐 왔다. 남한에는 친척 한 사람 없었고, 그저 나와 전후하여 월남한 중학 동창생 몇 명과 서로를 의지하여 살았는데, 그것도 하루이 틀의 일이지 당시 19살의 나로서는 생활의 방도가 없어 어떤 때는 하루 종일 굶는 일도 있었다.

　그러자 이러한 처지를 불쌍하게 여겨 나를 건져 준 분이 나타났 다. 바로 이은상 선생님의 여동생의 남편 되시는 박태준(朴泰俊) 박사님이었다. 그 집에 기숙하며 그 집안의 잔심부름과 어린애들을 돌보는 일을 하면서 끝내는 대학까지 진학할 수가 있었다. 잔심부 름을 하는 과정에서 자연히 이은상 선생님 댁까지 출입하게 되었으 니 이 얼마나 기연(奇緣)인가 말이다.

　6·25 사변을 겪은 뒤에 선생님께서는 〈태양이 비치는 길로〉라 는 대자을 쓰셨다. 나를 각별히 사랑해 주셔서 언제나 어떤 행사 가 있을 때마다 나를 꼭 옆자리에 불러서 앉혀 놓고 덕담도 해주 시고 잔심부름도 시키셨다. 그후 나는 미국으로 건너가게 되어 15 년이란 공백은 있었지만 다시 귀국한 뒤에도 여전히 그분을 모시 고 다녔다.

　선생님께서는 통일에 대한 염원(念願)이 강하셨다. 그리하여 장 편 시집 《기원(祈願)》을 탈고하셨고, 그것을 내가 경희대학교에서 출판하도록 주선했다. 그때가 벌써 1982년 3월 1일의 일이다. 그 《기원》의 서시(序詩)는 다음과 같이 시작된다.

여기는 아시아의 동방

고난의 오늘을 딛고 선 우리

애원과 기도 소리에도

아물지 않는 금간 국토

동해의

파도 소리만

계시(啓示)와도 같이 들리는 나라

그리고 42편의 시가 이어지면서 〈기원〉은

영생도 멸망도 제가 짓는 것

낙원도 지옥도 제가 짓는 것

화약고(火藥庫)에 불을 지르기 전에

인간의 본성, 본연으로 돌아가자

아! 세계여

더러운 진흙 속에서

연꽃처럼 피어 오르라

하고 끝을 맺는다.

　그러나 이 시집이 발간될 무렵, 선생님은 암에 시달리기 시작하셨다. 넘쳐 흐르는 애국시정에 나는 감동만 할 수가 없어 그분을 모시고 방광암 치료를 위하여 대만까지 동행했으나 선생님께서는 같은 해인 1982년 9월에 끝내 숨을 거두셨다. 그때부터 오늘날까지 선생님의 마지막 시집인 《기원》은 항상 나의 책상 위에 놓여 있고, 위의 시 한 구절을 오늘도 이북 땅을 바라보며 읊어본다.

그런데 1996년, 이번에는 내가 암에 걸렸다. 식도암이었다. 음식을 먹을 때마다 무엇인가 목에 걸리는 것 같아서 X선 사진을 찍어 보니까 식도 중턱에 작은 혹 같은 것이 생겨 있었다. 조직 검사를 해본 즉 암이라는 진단이 나왔다. '이번에는 내 차례구나' 하면서도 그리 마음은 동요되지 않았다. 일흔 가까이 살았으니 평균 연령은 지냈다 힐 수 있고, 이민하면 내가 받은 이 사회로부터의 온혜와 빚도 나름대로의 봉사 활동으로 갚은 셈이라 생각되어서였다. 그러나 투병은 해보자 하여 서울대학병원에 입원하였다. 그곳을 몇 번 들락거리며 항암제 주입 치료를 받고 보니 머리털이 다 빠졌다. 다행히도 치료는 잘 진행되어 식도의 혹이 없어졌다. 그러나 화근을 완전히 없애야 한다고 X선 치료를 매일 6개월 간 받았다. 그리하여 오늘날까지 3개월, 그리고 6개월마다 정기 검진을 받지만 이제는 별 탈이 없다는 결과가 나왔다.

그러던 중에, 나와 TV에 한두 번 같이 출연한 사람 가운데에 길은정이란 여성 가수의 이야기를 들었다. 겉보기에는 멀쩡하고 행동도 겸손하고 빼어난 미모를 지닌 그녀는 앞길이 양양할 것으로 보였는데, 사실은 그게 아니었다. 그녀는 암에 걸린 것이다. 그 암 때문에 남편을 불행하게 만들지 않고 자유를 주기 위해 이혼하였고, 혼자 투병 생활에 들어갔다는 이야기도 들었다. 이 일 하나만 하더라도 대단한 사람인데, 그의 표정은 항상 담담하고 웃음으로 차 있었다. 같은 암을 앓고 있었던 처지인지라 투병 생활이 그 얼마나 처참한가는 당사자밖에는 모르는 일임을 나는 너무도 잘 알고 있기에, 비록 나보다는 30세 이상이나 차이가 나는 손아랫사람이지만 동정보다는 존경심이 앞섰다.

그런데 그러한 와중에서도 그녀는 책을 엮어 냈다고 한다. 첫 작품은 《그럼에도 행복하다》이며, 두 번째 작품은 《사랑하고 있습니다》라는 시집이다. 나는 어떤 일간지에서 이 두 번째 시집 광고가 나왔길래 그때서야 처음 알고 서점으로 달려갔다. 그녀의 때묻지 않은 웃는 표정이 표지에 깔려 있었고, 그 웃음에서 암이란 병의 그림자는 찾아볼 수 없었다. 그러나 머리말을 읽어 본 즉 길은정은 확실히 무서운 암과 싸우고 있었다. 그러나 그 암을 통해 소중한 사랑을 알게 되어 오히려 자신을 괴롭히는 암에게 감사하고 있다 하니, 그런 젊은 나이에 생사를 도통한 태도가 몹시도 감탄스러웠다.

그녀의 시는 사랑과 행복이란 두 글자로 가득차 있다. 그리고 다분히 철학자적인 면모를 보여 주기도 한다. 이것은 우리 모두가 어떤

병(암뿐만이 아니다)을 앓고 있는 자들에게 새로운 희망을 던져 준다.

이 책에 실린 72편의 시는 비록 사랑이 주조를 이루고 있지만, 그녀는 또한 죽은 뒤의 장기 기증까지 약속해 놓고 암과 정면 대결하고 있으니 그녀의 사랑이란 단어는 천만금의 무게가 있어 보였다. 그의 시에 따르면, '사랑한다'는 것은 "감정이 이성을 이기고／욕망이 양심을 이기고／몰상식이 상식을 이겨도／부끄럽지 않은 승부"인 것이다.

그러나 그의 가슴에도 밀어 닥치는 '고독'이 있다.

한동안 오지 않던
비가 내린다

그저
허한 마음을
다스리지 못하고
애꿎은 비만 탓한다

누구 없어요?
젠장! 빌어먹을 놈의 비.

그리고 〈암과의 동거〉라는 시에서

싸울 줄 몰라서가 아닙니다
지는 게 두려워서도 아니랍니다
초대하지 않아도
내게 온 방문객인 걸

반갑진 않았지만
밉지도 않습니다
올 만해서 왔겠으니
저대로 있다
갈 때 되면 가겠지요

그와 함께 살다 보니
어느새 훌쩍
마음이 환해집디다
탐욕에 가려 안 보이던
사랑이 보입니다

밑지는 장사는 아니지요.

라고 읊고 있으니 그녀는 암이란 병마저 사랑하고 있는 것이다.

　나는 남몰래(물론 그녀에게도 모르게) 이 시집을 내 옆에 두고, 이웃에 대한 사랑 정신이 희미해지려고 할 때마다 그녀의 시 한 구절을 애송해 본다.

　나도 이 세상에 사랑을 위하여 태어났기에.

서럽고 외로웠던
스물네 살의 유학생

― 김소월의 〈고락(苦樂)〉

영글지 못했던 스물네 살의
유학생이 읽었던 소월의 시는 이제 사십줄로 접어든
내게 또 다른 격려이고 위안이다.

최정화(한국외대 교수·한국국제회의통역학회장)

한국외대 불어과를 졸업하고 파리 제3대학 통역번역대학원(ESIT)에서 유학하였다. ESIT를 졸업함으로써 국제회의통역사 자격을 취득하였고, 이후 동 대학원에서 아시아인 최초로 통역번역학 박사 학위를 취득했다. ESIT 교수를 거쳐, 현재 한국외대 통역번역대학원 교수 및 한국국제회의통역학회장을 겸임하고 있다. 지금까지 일곱 차례 열린 한·불 정상회담의 통역을 맡았으며, 1천여 회에 걸쳐 활발한 통역 및 통역 조직 활동을 펼쳐 오고 있다. 《통역의 실제》, 《통역과 번역을 제대로 하려면》, 《남을 알면 세계가 내 편이다》 등 다수의 저서가 있다.

김소월의 〈고락(苦樂)〉

무거운 짐 지고서 닫는 사람은
기구한 발부리만 보지 말고서
때로는 고개 들어 사방산천의
시원한 세상 풍경 바라보시오

먹이의 달고 씀은 입에 달리고
영욕의 고(苦)와 낙(樂)도 맘에 달렸소
보시오 해가 져도 달이 뜬다오
그믐밤 날 궂거든 쉬어 가시오

무거운 짐 지고서 닫는 사람은
숨차다 고갯길을 탄치 말고서
때로는 맘을 눅여 탄탄대로의
이제도 있을 것을 생각하시오

편안히 괴로움의 씨도 되고요
쓰림은 즐거움의 씨가 됩니다
보시오 화전(火田)망정 갈고 심으면
가을에 황금 이삭 수북 달리오

칼날 우에 춤추는 인생이라고
물 속에 몸을 던진 몹쓸 계집애
어쩌면 그럴듯도 하긴 하지만
그렇지 않은 줄은 왜 몰랐던고

칼날 위에 춤추는 인생이라고
자기가 칼날 우에 춤을 춘 게지
그 누가 미친 춤을 추라 했나요
얼마나 비꼬이운 계집애던가

야말로 제 고생을 제가 사서는
잡을 데 다시 없어 임나무지요
무거운 짐 지고서 닫는 사람은
길가의 청풀밭에 쉬어 가시오

무거운 짐 지고서 닫는 사람은
기구한 발부리만 보지 말고서
때로는 춘하추동 사방산천의
뒤바뀌는 세상도 바라보시오

무겁다 이 짐일랑 벗을 겐가요
괴롭다 이 길일랑 아니 걷겠나
무거운 짐 지고서 닫는 사람은
보시오 시내 위의 물 한 방울을

한 방울 물이라도 모여 흐르면
흘러가서 바다의 물결 됩니다
하늘로 올라가서 구름 됩니다
나시금 땅에 내려 비가 됩니다

비 되어 나린 물이 모둥켜지면
산간엔 폭포 되어 수력 전기요
들에선 관개 되어 만종석(萬鍾石)이요
메말라 타는 땅엔 기름입니다

어여쁜 꽃 한 가지 이울어갈 제
밤에 찬이슬 되어 축여도 주고
외로운 어느 길손 창자 주릴 제
길가의 찬 샘 되어 눅궈도 주오

시내의 여지없는 물 한 방울도
흐르는 그만 뜻이 이러하거든
어느 인생 하나이 저만 저라고
기구히디 이 길을 타발켓나요

이 짐이 무거움에 뜻이 있고요
이 짐이 괴로움에 뜻이 있다오
무거운 짐 지고서 닫는 사람이
이 세상 사람다운 사람이라오

서럽고 외로웠던 스물네 살의 유학생

모처럼의 휴가를 맞아 남편의 근무지가 있는 마닐라로 향하는 비행기에 올랐다. '늦깎이' 결혼을 하고도 각자의 일 때문에 일 년의 절반 이상을 헤어져 사는 우리 부부의 생활이 다른 사람들 눈에는 좀 '별나게' 보이기도 하는 모양이다. 지금 생각해 보면 프랑스 유학을 떠나 국제회의통역사 자격증을 딴 뒤 지금까지 통역사로 활동해 오는 동안 정말 '별난' 일들을 많이 겪었던 것 같다. 낯선 땅 이질적인 문화 속에서 데면데면하던 경험, 힘든 공부, 여자 통역사로서 활동하는 데 녹녹하지 않았던 우리의 남성 중심의 문화와 위계질서, 여성에 대한 편견…….

그중에서도 유학 생활 초기에 겪었던 일들을 생각하면 지금도 피식 웃음이 나온다. 마흔줄에 넉넉하게 접어든 지금이야 어려웠던 유학 시절의 추억으로 흐뭇하게 떠올리고 있지만, 빠듯한 유학 생활에 비싼 국제통화는 엄두도 내지 못하던 시절이라 서울에 계신 어머니께 그저 잘 지내고 있으니 염려 마시라며 눈물의(?) 편지만 쓰던 때가 있었다.

지금 유학 생활을 하는 젊은이들은 우리 세대와는 많이 다르다. 한두 번의 해외 여행 경험도 있고 소위 '세련된' 국제 매너도 갖추고 있는 요즘의 신세대는 나보다는 훨씬 매끄럽게 유학 생활을 시

작하리라. 하지만 가끔씩 느껴지는 타국살이의 절절한 '억울함(?)'
은 우리 때나 지금이나 별반 달라진 게 없으리라 생각된다. 서운함
을 혼자 삭이는 게 그렇게나 힘이 들던 때였다. 그 나이라면 또 그
럴 만한지도 모른다. 이런 생각을 하는 사이 어느새 나는 1978년
속으로 들어가고 있었다.

프랑스에 도착해서 집을 정하기 전까지, 나는 방학 동안 잠시 서
울에 다니러 간 친구 아파트에 얼마간 머물렀다. 그 친구는 외국인
친구와 아파트를 함께 쓰고 있었다. 생전 외국에 가 본 적도 없고
우리와 다른 문화권의 사람과 함께 생활해 본 적이 없던 나로서는
정말 눈물이 쏙 나올 만큼 힘든 혹독한 외국 문화 입문기였다.

내 딴에는 친구집에 더부살이를 한다는 부담 때문에 좀 잘 해봐
야지 하다 보니 상대방의 심기를 불편하게 하는 일이 자꾸 일어났
던 것이다. 그 집에 도착한 첫날, 지젤이라는 외국인 친구가 공동
생활의 규칙에 대해 몇 가지 설명을 해주었다.

며칠쯤 지났을까. 학교에 등록하느라 체류증 만드느라 여기저기
바쁘게 뛰어다니다가 모처럼 만에 맞은 한가한 주말이었다. 더부살
이를 하며 부담을 느끼고 있던 터라, 집안 청소를 하면 집주인이
좋아하겠지 생각하며 구석구석을 치우고 있었다. 마침 지젤이 외출
중이라 간만의 자유를 만끽하면서…… . 그러다가 냉장고 안도 깨

꼿이 치워 놓았다. 주부들이라면 누구나 알겠지만 마음먹고 냉장고 청소하기가 어디 쉬운가. 크지 않은 냉장고였지만 안에 있는 음식을 깨끗이 꺼내 놓고 버릴 건 버리고 물기 촉촉한 걸레로 닦아 내고……. 큼큼한 냄새까지 나던 냉장고가 훤하게 태어나는 순간이었다.

그런데 그로부터 또 며칠이 지났을까. 지젤이 난데없이 냉장고에 들어 있던 치즈 못 봤느냐고 묻는 것이었다. 그래서 고약한 냄새가 나는 걸 보니 썩은 것 같아 냉장고 정리하면서 버렸다고 했다. 집주인이 이제야 내가 힘들여 냉장고 청소를 한 사실을 알았구나 생각하며, 은근히 고맙다는 인사 한마디까지 기대하면서……. 그런데 지젤은 버럭 화를 내었다. 자기가 좋아하는 치즈인데 버리면 어떡하느냐는 것이었다. 프랑스 치즈는 종류도 워낙 많고 개중에 썩는 된장 냄새 나는 것도 있다는 얘기는 들어서 알고 있었지만, 그렇게 냉장고 안을 들썩이게 하는 치즈가 상하지 않은 치즈라고는 생각도 하지 못했다.

10여 년의 파리 체류 기간 동안 수없이 많은 경험을 했지만 두 달 정도 지젤의 집에 얹혀 살던 그 기간이 유독 '서럽게(?)' 느껴졌던 것은 타국살이에 막 적응하는 시기였기 때문이었을 것이다. 그때는 후에 프랑스 생활에 단련되면서 생긴 뱃심도, 뚝심도 없었던 시기였다.

파리에서 처음 맞는 초겨울 어느 날이었다. 유럽의 날씨를 경험해 본 사람은 알겠지만 한국에서처럼 강한 바람이 부는 것도 아닌데 부슬부슬 비가 내리는 날이 잦은 유럽의 겨울은 사람의 뼛속까지 스며들곤 했다. 한국식 온돌 생활에 익숙해 있던 나는 난방 장치를 최대로 틀어 놓고, 오락가락 고국 생각에 빠져 있었다. 그런데 같이 사는 외국 친구가 들어오더니 전기 난방 장치를 이렇게 오래 켜두면 건강에도 안 좋고 환기도 안 돼 머리가 아플 뿐 아니라 전기료도 많이 나오게 되지 않겠냐고 하면서 정색을 하며 화를 내었다. 우물쭈물 미안하다는 말을 한 마디 하고 방으로 들어오니 눈물이 왈칵 쏟아졌다. 그날 밤 내내 잠을 이루지 못했다.

당시는 학교 생활만으로도 하루에 몇 번씩 눈물이 핑그르 돌 정도로 벅찬 시절이었다. 한국에서라면야 어머니가 공부하느라 지친 딸의 어깨도 더러 주물러 주실 테고 맛있는 간식으로 딸의 입맛을 돋우어 주셨을 것이다. 하지만 그때 나는 철저히 혼자라고 느꼈다. 외국 생활이라곤 난생 처음 해보는, 아직 앳되기만 한 한국 처녀가 겪어 내기엔 너무 큰 외로움과 서러움이었다.

유학 생활을 하면서 힘들 때마다 꺼내 읽던 시가 있다. 김소월을 유독 좋아하던 친구가 건네 준 시집이었는데, 비스듬히 책갈피를 끼워 놓은 곳에 있던 〈고락(苦樂)〉이라는 시가 때로는 꺾이고 풀죽은 나를 일으켜 세우고 강한 어머니처럼 나를 채찍질하고 때론 달

래 주곤 했다. 지금도 그때 생각을 하며 가끔 소월의 시를 읽곤 한
다. 영글지 못했던 스물네 살의 유학생이 읽었던 소월의 시는 이제
사십줄로 접어든 내게 또 다른 격려이고 위안이다.

아가와 함께 있으면

— 김남조의 〈아가에게〉

윤지에게 약속한 말만 지키면 된다.
일 년 후엔 꼴등한 아빠가 일등 해서 너와 나의
자존심을 지켜 주마라고 했던 약속.

이규형(영화감독 · 대중문화평론가)

1959년 서울에서 출생하였고, 86년 한양대 연극영화과를 졸업했다. MBC 방송작가 워크숍 과정을 마쳤으며, 《스포츠서울》 도쿄 주재 통신원으로 활동했다. 영화 〈블루스케치〉, 〈청춘스케치〉, 〈어른들은 몰라요〉 등 다수의 작품을 감독하였으며, 소설집 《별별스케치》, 《만국청춘스케치》, 《예스터데이》, 《악어 같은 여자》, 《일본대란》 등과 《일본을 읽으면 돈이 보인다》, 《이규형의 이런 일본어 처음이야》, 《J. J가 온다》 등 다수의 수필집과 대중문화 관련 서적을 집필하였다.

김남조의 〈아가에게〉

아가의 머리맡에 햇빛이 앉아 놉니다
햇빛은 아가의 손님입니다

아가가 세상에 온 후론
비단결 같은 매일이었습니다
아직 눈도 아니 뵈는 죄그만
우리 아가

아가는 진종일 고이 잡니다
잠은 아가의 요람
아가는 잠에 안겨 자라납니다

아가는 평화의 동산
지줄대는 기쁨의 시내입니다

아가는 엄마의 등불입니다
아가 함께 있으면
훤히 밝아 오는 마음이 있습니다

아가와 함께 있으면

　　김남조 시인의 〈아가에게〉를 처음 대한 것은 중학생 때였다. 무슨 시집에서 본 것이 아니고 국어 교과서에 나와 있는 시, 당시에는 시험에 나올지도 몰라 억지로 외우고 주제와 소재, 그 다음에 은유법이 어찌어찌 되는 것을 분석해야 했다.

　강렬하게(?) 웃겼던 것은 이 시 내용이 너무 과장돼 있다는 것이었다. 하루 종일 앵앵 울어대고 똥싸대는 아기가 뭐 예쁘다고 '비단결 같은 매일'이었느니 '기쁨의 시내'라느니 해대는 건가. 아무리 제 아기라도 아가 때는 빨리 자라서 꼬마가 될 때까지 귀찮은 존재일 뿐이라고 확신하고 있던 때였다.

　내가 그때까지 자라며 본 아기의 인상이라는 건, 버스에서 앵앵거리고 극장 안에서도 울어서 부모가 데리고 나가야 되고, 그놈의 똥오줌 기저귀를 하루에도 몇 차례씩 갈아대고 단 한 시도 가만 놔둘 수 없는 시한폭탄으로 부모가 보호의 눈을 뗄 수 없는 성가신 존재가 바로 아가라고 여겼다.

　그렇게 세월이 지났다. 그리고 내가 아기를 낳았다.

　내가 김남조 시인의 〈아가에게〉를 낡고 낡은 《한국 명시집》에서 다시 읽은 건 바로 그때였다. 요번엔 내가 자발적으로 찾아서 읽은 것이다. 한 자 한 자가 새로웠고 한 줄 한 줄이 비단결이며 시냇물이었다. 내가 이 시를 정말정말 절실히 실감한 것은 아가가 나에게 기적적인 힘을 불러일으키게 하는 존재임을 체험하고 더더욱 그러했다. 스타워즈의 에피소드가 아닌 이규형과 아가의 에피소드를 들어보시라.

겨울밤 관객이 텅텅텅텅 정말로 텅 빈 극장에서 난 영화를 보고 있었다. 작품은 본인이 감독한 〈헝그리 베스트 5〉. 개봉한 그 영화는 한국 영화 흥행 사상 최악의 결과를 기록한 참패였다. 안 그래도 손님 없는 마지막 회는 극장 전기값이 아까웠지만, 그래도 돌아가고 있었다.

극장 안의 상황을 말하자면, 저쪽 반대편 다섯 살 난 아들을 데리고 앉아 있는 어떤 남자 그리고 이규형 본인과 이제 겨우 6개월 난 여자(?) 이윤지 그렇게 네 사람이었다.

"윤지야, 아빠 영화가 오늘 비참하게 깨졌다."

정말 미안했다. 내 친구들은 초등학교 6학년 딸들을 키우고 있는 판국에 이제 6개월 난 딸을 어부바해서 데리고 온 거다.

"고맙다, 아가야. 안 울고 와 줘서……. 이렇게 손님이 없지만 이 작품은 절대 나쁜 작품이 아니야. 딴 건 모르지만 아빠는 정말 뼛속 힘까지 바쳐서 우리 세대 최초의 극장용 만화영화 감독이 된 거란다."

난 말도 안 되는 변명을 윤지 귓가에 해댔다.

신기하게도 딸은 울지도 않고 지루해하지도 않고 호기심 가득한 눈으로 스크린에 빠져 있었다. 난 거의 죄인 같은 목소리로 딸에게 다짐했다.

"윤지야, 아빠가 오늘은 꼴등을 했지만 일 년 뒤에는 일등 하는 걸 보여 줄게. 꼭 보여 줄게. 고맙다, 이런 영화를 끝까지 봐 줘서……."

영화가 끝나고 네 명의 관객 속에 섞여 나오면서 나는 딸을 꼭 껴안고 눈물을 삼켰다.

새해가 시작될 때부터 목표를 소박하게 잡았다. 윤지에게 약속한 말만 지키면 된다. 일 년 후엔 꼴등한 아빠가 일등 해서 너와 나의 자존심을 지켜 주마라고 했던 약속.

습관적으로 난 글을 쓰러 나올 때마다 윤지를 안고 나왔다. 동네 공원에 가족이 뭘 먹을 수 있게 나무 테이블이 놓여져 있는 곳이 있는데, 그것이 야외용 내 책상이라 생각하고 거기서 죽쳤다.

아내가 시장에 가거나 어디 갈 일이 생기면 딸을 안고 나와서 아침부터 저녁까지 공원에서 글을 썼다. 쓰는 게 지겹다 싶을 땐 노는 아기를 봤고, 그러면 자극을 받았고 새로운 힘이 났다. 그때마다 머릿속에 떠올렸던 것이 이 시 〈아가에게〉이다.

그 동안 꼭 내고 싶었는데 시간 바쁘단 핑계로 못 쓴 글이 있었다. 평소에 많이 생각을 하고 자료를 모아 놓았던 돈 버는 방법들을 모아 정리한 책이었다. 전 일본의 자료를 다 뒤지고 일본 생활 6년 동안 체험한 돈 되는 방법들을 집대성하는 작업이었다.

1996년 10월 《일본을 읽으면 돈이 보인다》란 책이 나왔다. 거짓말처럼 나온 지 15일만에 15쇄를 해대고 있었다. 믿어지지 않는 속도로 교보, 영풍, 을지서적 등에서 베스트셀러 순위가 치솟더니 한 달 만에 드디어 통합 베스트셀러 1위를 차지했다.

이야말로 아가는 평화의 동산 지즐대는 기쁨의 시내가 아닌가. 아가와 함께 있으면 훤히 밝아오는 마음이었을지니.

이상 세계의
꽃이 되고 새가 되고

— 김소월의 《산유화(山有花)》

꽃은 들에도 피고 길가에도 피고
밭에서도 피는데
산유화는 이름그대로 산에 있는 꽃이다.
하필이면 왜 산유화로 했을까.

서정범(경희대 명예교수)

1926년 충북 음성에서 출생하여 57년 경희대 국문학과를 졸업하고, 79년 동 대학원에서 국문학 박사 학위를 취득하였다. 경희대 국문학과 교수, 문인협회 이사 등을 역임하고, 현재 경희대 명예교수 및 알타이어연구소장으로 재임중이다. 한국문학상 등을 수상하였으며, 《일본어와 한국어》, 《무녀별곡》, 《놓친 열차는 아름답다》, 《억억별곡》, 《우리말의 뿌리》, 《한국어로 읽고 푸는 고사기》 등 다수의 저서가 있다.

김소월의 〈산유화(山有花)〉

산에는 꽃 피네
꽃이 피네
갈 봄 여름 없이
꽃이 피네

산에
산에
피는 꽃은
저만치 혼자서 피어 있네

산에서 우는 작은 새여
꽃이 좋아
산에서
사노라네

산에는 꽃 지네
꽃이 지네
갈 봄 여름 없이
꽃이 지네

이상 세계의 꽃이 되고 새가 되고

〈산유화〉를 읽으면 소월이 쓴 〈접동새〉와 〈초혼(招魂)〉이 떠오른다. 〈접동새〉에서는 누나로 화한 접동새의 울음소리의 구슬픈 한탄을 느끼게 되며, 〈초혼〉에서는 사랑하는 이를 애타게 그리워하고 있는데 샤머니즘적인 분위기를 물씬 풍긴다.

무녀들이 좋아하는 것을 조사해 본 적이 있는데, 꽃·물·새·과일·산의 다섯 가지를 꼽을 수 있었다. 그런데 이 다섯 가지는 사람이 죽어서 실려 가는 상여에도 있다. 꽃상여니까 꽃이 있고, 상여에 용이 있는데 이것은 수신(水神)이 되므로 물을 상징한다. 상여 꼭대기에는 과일과 새가 있고, 상여는 산으로 간다.

무녀들 중에는 저승에 다녀온 경험을 지닌 이가 꽤 있다. 저승에도 꽃·물·새·과일이 있고 산도 저승에 있다. 꽃은 들에도 피고 길가에도 피고 밭에서도 피는데, 산유화는 이름 그대로 산에 있는 꽃이다. 하필이면 왜 산유화로 했을까.

산은 무녀들이 좋아하는 다섯 가지 중의 하나다. 무녀들은 틈을 내어 산에 가서 기도를 하거나 치성을 드린다. 사람들이 죽으면 혼이 되어 어디로 가느냐고 물으면 거의 산으로 간다는 무녀의 대답이다.

뿐더러 무녀들이 나이가 많아도 꿈에서는 나는 꿈을 꾼다. 날아서 어디로 가느냐고 물으면 산으로 간다고 한다. 산을 빙빙 돌거나 나무 위에 앉거나 계곡 옆이나 바위 위에 앉으며, 특히 꽃이 핀 곳에 앉는다고 한다.

무녀들이 산에 가는 것은 신들에게 빌기 위해서 간다고 하였는데, 신은 죽은 사람의 영혼들이다. 그러므로 영혼이 산에 있으므로 산은 저승이 된다고 하겠다. 죽은 자가 머무는 곳이 저승이라고 하겠다. 상여가 나갈 때 저승을 북망산(北邙山)이라고 한다. 무덤은 거의 산에 있다. 무녀들의 몸은 현실에 있지만 정신 세계는 저승의 생활을 한다고 보겠다.

무녀들은 마음이 아프고 괴로울 때 산에만 들어서면 그러한 것이 한꺼번에 사라지고 마음이 맑아진다고 하며 영검해진다고 한다. 더구나 그들은 산에 있는 무덤을 볼 때 평정을 얻으며 친밀감을 느낀다고 한다.

〈산유화〉의 시에서 무녀들이 좋아하는 다섯 가지 중 산·꽃·새 등 세 가지가 등장한다.

"산에는 꽃 피네", "산에", "산에", "산에서 우는 작은 새여", "산에서 사노라네", "산에는 꽃 지네", 〈산유화〉 표제의 '산' 까지 합쳐 산이 일곱 번이나 등장한다.

무녀들의 소망은 깊은 산속에 암자를 짓는 것이 최대의 꿈 중의 하나다. 그것도 현실의 속박에서 해방되고 싶은 욕망의 표출이라 하겠다.

"저만치 혼자서 피어 있네"가 〈산유화〉의 시를 이해하는 가장 중요한 열쇠가 된다고 생각한다. '저만치'는 김소월이 바라는 곳이며 이상향이기도 하다. 복잡하고 구속당하는 현실이 아니다. "저만치 혼자서 피어 있네"의 꽃의 주인공은 소월 자신이라 여겨진다. 일제의 암울한 현실에서 벗어나 '저만치' 혼자 서 있고 싶은 것이다. 그것은 꽃이 되고 싶은 것이다.

무녀들은 꽃을 가장 좋아한다. 무녀들의 신당에는 꽃이 놓여 있다. 진당에 있는 꽃은 거의 조화(造花)라 하겠는데, 그 조화에서 향기도 맡으며 나비가 날아드는 것을 본다. 물론 환상의 세계가 된다. 죽은 자 가운데 사랑했던 사람이 꽃에 나타나 그들과 사랑의 밀어를 속삭인다. 뿐더러 꽃을 만지는 순간 오르가슴을 느끼기도 한다. 죽은 애기들이 꽃에 나타나 노래하고 춤추며 재롱을 피우기도 한다.

《심청전》에 의하면 심청이 물에 빠져 꽃으로 변한다. 꽃에서 다시 사람으로 부활하고 왕비가 되어 사랑을 얻고 나중에는 아버지의 눈을 뜨게 하는 소망을 이룬다. 《심청전》에서의 꽃은 부활·사랑·소망의 의미를 지닌다. 무녀들의 신당에 놓인 꽃에서 죽은 애인을 만나는 소재가 그대로 《심청전》에 반영되었다고 보겠다.

《삼국유사》 거타지(居陀知)조에 보면 거타지가 당나라로 파견되는 사신을 따라가다가 곡도라는 섬에서 아내 될 여인을 얻게 되는데, 사신으로 가는 도중이라 그 여자를 꽃으로 변하게 하여 가슴에 품고 다니다가 돌아와서 꽃을 다시 여자로 변하게 하여 아내로 삼았다고 한다. 그러니까 사람이 꽃으로 변하는 것이다.

소월도 암울한 현실을 벗어나 평안하고 고요한 저만치의 꽃송이가 되고 싶었던 것이라 하겠다. "산에는 꽃 지네 / 꽃이 지네 / 갈 봄 여름 없이 / 꽃이 지네" 꽃이 피면 으레 진다. 이렇게 당연한 것을 마지막 연에서 되풀이한다는 것은 당시의 암울한 현실의 절망감을 나타낸 것이라 하겠다. 꽃이 지면 으레 열매가 열리는 것은 당연한 것인데 그렇지 못한 현실이 소월에게는 못내 절망과 비애로 다가왔다고 하겠다.

3연에 "산에서 우는 작은 새여 / 꽃이 좋아 / 산에서 / 사노라네" 산에서 우는 작은 새는 꽃이 좋아서 산에 산다고 했다. 3연에 새가 등장하는데 '작은 새'는 소월 자신이 된다고 하겠다. 무녀들이 새를 좋아하는 것은 현실의 속박에서 벗어나고 싶어하는 욕망의 표현이다. 새는 자유로이 그리고 멀리 날아다닐 수 있다는 데서 현실의 속박에서 해방된다는 상징적 의미가 있다고 하겠다.

이상의 소설 《날개》의 마지막 부분에 "날자. 날자. 한 번만 더 날자꾸나"와 같이, 소월은 당시의 숨막히는 현실의 속박에서 벗어나 작은 새가 되어 산에서 조용히 있고 싶어하는 심정을 새에 비유했다고 하겠다.

더구나 〈산유화〉에서는 꽃의 이름이 거론되지 않고 그냥 꽃이고 새다. 종류를 말하지 않고 그냥 새다. 무녀들이 특별하게 좋아하는 꽃은 없다. 꽃이면 어떠한 꽃이든 좋아하고 새 역시 어떠한 새라도 좋아한다. 물론 개중에는 꽃 중에 연꽃이 좋다고 하는 분도 있지만, 이는 불교적인 영향이라 하겠다.

소월은 암울한 현실의 속박에서 벗어나 저만치 한송이 꽃이 되고 새가 되고 싶었던 것이다. "저만치"는 현실의 속박에서 벗어난 이상의 세계라 하겠다. 그 이상의 세계는 저승의 세계와 맥을 같이 한다. 무속인들은 몸은 현실에 있지만 정신적으로는 저승의 생활을 하고 있다.

소리 없이 말하는 시인
— 이진명의 〈밤에 용서라는 말을 들었다〉

우리는 저마다 살아가면서 많은 고통을 겪는다.
때로 미움도 생기고 아픔도 생겨
오랜 상처가 되어 남기도 한다.
삶은 그런 모자이크 무늬로 이뤄져 있는지도 모른다.

윤대녕(소설가)

1962년 충남 예산에서 출생하여, 단국대 불문과를 졸업했다. 90년 《문학사상》으로 등단하여 창작집 《은어낚시통신》, 《남쪽 계단을 보라》, 《많은 별들이 한곳으로 흘러갔다》 등과 장편소설 《옛날 영화를 보러 갔다》, 《추억의 아주 먼 길》, 《달의 지평선》 등 다수의 작품이 있다. 94년 제2회 오늘의 젊은 예술가상을 비롯하여 96년 제20회 이상문학상, 98년 제43회 현대문학상을 수상한 바 있다.

이진명의 〈밤에 용서라는 말을 들었다〉

나는 나무에 묶여 있었다. 숲은 검고 짐승의 울음 뜨거웠다. 마을은 불빛 한 점 내비치지 않았다. 어서 빠져 나가야 한다. 몸을 뒤틀며 나무를 밀어댔지만 세상 모르고 잠들었던 새 떨어져 내려 어쩔 줄 몰라 퍼드득인다. 발등에 깃털이 떨어진다. 오, 놀라워라. 보드랍고 따뜻해. 가여워라. 내가 그랬구나. 어서 다시 잠들거라. 착한 아기. 나는 나를 나무에 묶어 놓은 자가 누구인지 생각지 않으련다. 작은 새 놀란 숨소리 가라앉는 것 지키며 나도 그만 잠들고 싶구나.

누구였을까. 낮고도 느린 목소리. 은은한 향내에 싸여. 고요하게 사라지는 흰 옷자락. 부드러운 노래 남기는. 누구였을까. 이 한밤중에.

새는 잠들었구나. 나는 방금 어디에서 놓여난 듯하다. 어디를 갔다 온 것일까. 한기까지 더해 이렇게 묶여 있는데. 꿈을 꿨을까. 그 눈동자 맑은 샘물은. 샘물에 엎드려 막 한 모금 떠 마셨을 때. 그 이상한 전언. 용서. 아, 그럼. 내가 그 말을 선명히 기억해 내는 순간 나는 나무기둥에서 천천히 풀려지고 있었다. 새들이 잠에서 깨며 깃을 치기 시작했다. 숲은 새벽빛을 깨닫고 일어설 채비를 하고 있었다.

얼굴 없던 분노여. 사자처럼 포효하던 분노여. 산맥을 넘어 질주하던 증오여.

세상에서 가장 큰 눈을 한 공포여. 강물도 목을 죄던 어둠이여. 허옇고 허옇다던 절망이여. 내 너에게로 가노라. 질기고도 억센 밧줄을 풀고. 발등에 깃털을 얹고 꽃을 들고. 돌아가거라. 부드러이 가라앉거라. 풀밭을 눕히는 순결한 바람이 되어. 바람을 물들이는 하늘빛 오랜 영혼이 되어.

소리 없이 말하는 시인

　　시가 없는 세상은 어머니가 없는 세상처럼 얼마나 쓸쓸할
까. 이런 생각이 들 때마다 나는 시인이란 존재에 대해, 시인이 아
니고는 쓸 수 없는 그것이 무엇인가에 대해 곰곰이 생각하게 된다.
　　솔직히 나는 시에 대해서 말할 줄 모른다. 그러나 이진명의 시
〈밤에 용서라는 말을 들었다〉를 읽고 있으면 누군가를 붙잡고 아무
얘기나 조용히 그리고 오래 얘기하고 싶어진다. 〈청담(淸談)〉을 비
롯한 그녀의 몇몇 시는 마음속에 오래 머물면서 내가 어둠에 갇혀
있을 때마다 나를 가만히 일깨워 주고 흔들어 준다. 부드럽고 부드
럽게. 그녀의 시는 깊고 은은하며 타자의 삶을 오래 응시하고 난
뒤에 오는 아름다운 체념과 값진 연민의 빛으로 가득차 있다. 그녀
는 소리내지 않고 말할 줄 아는 시인이다.
　　〈밤에 용서라는 말을 들었다〉는, 한 시인을 두고 말했을 때 서시
(序詩)와도 같은 작품이다. 서시란, 한 시인이 삶을 화두를 붙잡고
온갖 떨림으로 힘들여 맨 처음 노래하는 것이리라.
　　우선 시인은 "나는 나무에 묶여 있었다. 숲은 검고 짐승의 울음
뜨거웠다"라고 진술한다. 왜 나무에 묶여 고통당하고 있는가. 도대
체 '나'를 묶어 둔 것이 무엇인가. 상처와 분노, 슬픔과 증오……
그래, 이런 것들일 테지. 어쨌든 시인은 '어서 빠져 나가고자' 몸

부림을 친다. 그러자 나무 속에 잠들어 있던 새가 놀라서 떨어져
내린다. 시인도 놀란다.

가여워라. 내가 그랬구나. 어서 다시 잠들거라. 착한 아기. 나는
나를 나무에 묶어 놓은 자가 누구인지 생각지 않으련다.

시인은 이윽고 새와 함께 잠이 든다. 그리고 꿈을 꾼다. 누군가
찾아와 "부드러운 노래"를 남기고 "고요하게 사라지는 흰 옷자락"
을 본다. 새벽녘, 추위에 깬 시인은 그 꿈의 기억을 더듬으며 "샘
물에 엎드려 막 한 모금 떠 마셨을 때" 불현듯 이런 말을 듣는다.
그러니까 그 부드러운 노래, "그 이상한 전언. 용서" 그리고 "그
말을 선명히 기억해 내는 순간" 시인은 나무에서 천천히 깨어나고
있음을 깨닫는다.

얼굴 없던 분노여. 사자처럼 포효하던 분노여. 산맥을 넘어 질주
하던 증오여. 세상에서 가장 큰 눈을 한 공포여. 강물도 목을 죄던
어둠이여. 허옇고 허옇다던 절망이여. 내 너에게로 가노라. 질기고
도 억센 밧줄을 풀고. 발등에 깃털을 얹고 꽃을 들고. 돌아가거라.
부드러이 가라앉거라. 풀밭을 눕히는 순결한 바람이 되어. 바람을
물들이는 하늘빛 오랜 영혼이 되어.

이 시는 삶으로부터의 소외와 절망과 허무와 쓸쓸함과의 다툼을 얘기하고 있다. 그러나 그 다툼은 밖으로 향하지 않고, 우선 타자의 삶을 두둔하고 내 안의 어둠을 몰아냄으로써 세상에 빛을 더하는 방식으로 이뤄지고 있다. 그래서 그녀의 시는 읽히면서 곧 육화(肉化)된다. 육화되어 함께 남는다.

우리는 저마다 살아가면서 많은 고통을 겪는다. 때로 미움도 생기고 아픔도 생겨 오랜 상처가 되어 남기도 한다. 삶은 그런 모자이크 무늬로 이뤄져 있는지도 모른다.

나도 한때 오래 절망하였다. 지금도 가끔 그렇다. 어쩔 수 없다. 상처와 분노와 고통 때문에 힘들다. 그때마다 나는 이 시를 생각한다. 그럼 마음이 고요히 가라앉는다. 그리고 며칠이고 잠을 잔다. 깨어나서 그녀의 다른 시 〈청담〉을 읽는다. 내가 가까스로 용서가 되었을 때. 물론 그때는 이미 타인을 용서한 다음이다. 〈청담〉은 이런 시이다.

조용하여라. 한낮에 나무들 입 비비는 소리는. 마당가에 떨어지는 그 말씀들의 잔기침. 세상은 높아라. 하늘은 눈이 시려라. 계단을 내려오는 내 조그만 애인을 똑바로 바라보지 못한 때처럼. 눈시울이 붉어라. 만상(萬象)이 흘러가고 만상이 흘러오고. 조용하여라. 한 해만 살다 가는 꽃들. 허리 아파라. 몸 아파라. 물가로 불려가는 풀꽃의 해진 색깔들. 산을 오르며 사람들은 빈 그루터기에 앉아 쉬리라. 유리병마다 가득 울리는 소리를 채우리라. 한 개비 담배로 이승의 오지 않는 꿈, 땅의 양식(糧食)을 이야기하리라. 만상이 흘러가고 만상이 흘러오고.

물이 되어
만날 사람은 어디에
—강은교의 〈우리가 물이 되어〉

우리의 적은 저 끊어지지 않는 희망과
매일 밤 고쳐 꾸는 꿈과 불사의 길이었으며,
그리고 우리는 이제 그 적으로 인해 살아 있음을 안다.

황주리(화가)

1957년 서울에서 태어나 이화여대 서양화과와 홍익대 대학원 미학과를 졸업하고 87년 도미하여 뉴욕 대학 대학원을 졸업하였다. 22회의 국내외 개인전을 비롯하여 100여 회의 단체전에 작품 전시회를 가졌다. 86년 석남미술상, 99년 선미술상을 수상한 바 있으며, 현재 뉴욕과 서울을 오가며 활발한 작품 활동을 하고 있다. 산문집 《아름다운 이별은 없다》 등의 저서가 있다.

강은교의 〈우리가 물이 되어〉

우리가 물이 되어 만난다면
가문 어느 집에선들 좋아하지 않으랴.
우리가 키 큰 나무와 함께 서서
우르르 우르르 비오는 소리로 흐른
다면.

흐르고 흘러서 저물녘엔
저 혼자 깊어지는 강물에 누워
죽은 나무뿌리를 적시기도 한다면.
아아, 아직 처녀인
부끄러운 바다에 닿는다면.

그러나 지금 우리는
불로 만나려 한다.
벌써 숯이 된 뼈 하나가
세상에 불타는 것들을 쓰다듬고 있
나니

만리 밖에서 기다리는 그대여
저 불 지난 뒤에
흐르는 물로 만나자.
푸시시 푸시시 불꺼지는 소리로 말하면서
올 때는 인적 그친
넓고 깨끗한 하늘로 오라.

물이 되어 만날 사람은 어디에

　　나이가 들어가면서 우리는 점점 시를 읽지 않게 된다. 글
쓰는 일을 업으로 삼는 사람들도 어쩌면 남의 시를 좀처럼 읽지
않을지도 모른다. 일상사에 시달리느라 너무 바빠서, 재미있는 소
설이라면 모를까 스스로 느껴야만 제맛인 시와 자신의 거리가 너
무 멀어지는 탓에. 세상이 시로부터 너무 멀리 가고 있기 때문에
라고 이런저런 핑계로 시를 읽지 않은 지 나 자신도 무척 오래된
기분이 든다.

　　그러나 시조차도 세상과 너무 닮아서, 책방에서 문득 시집을 뒤
적이다 보면 세상을 깜짝 놀라게 하기 위한 표현이나 복잡한 세상
사에 관한 후렴, 문명 비판이라는 명분 아래 컴퓨터적 상상력과 성
적(性的) 이미지들이 뒤섞인 문구들이 자주 눈에 띈다. 그리고 나
는 왜 오늘의 시인들이 그런 시를 쓰는지 충분히 이해한다. 그림을
그리는 우리들도 똑같기 때문이다.

　　산과 강이 어우러진 순진한 풍경화를 그리기엔 세상은 너무 복잡
하게 망가져 있고, 또 이 세상에 그림이 너무 많아서 선배 화가들
과 구분되는 자신만의 도장을 새겨야 하기 때문이다. 그럼에도 불
구하고 우리는 늘 서정시가 그립다.

　　그림도 결국 시인지라 그저 사람들을 깜짝 놀라게 하는 일도 잠

시일 뿐, 시가 되지 않는 한 오래 남지 않으리라 믿는다.

우리가 가장 시를 많이 읽는 시절은 사실 고교 시절이고 길어야 대학 시절까지다. 그래서인지 그때 읽은 시들이 마치 제가 쓰기라도 한 것처럼 기억 속에 선명한 인주처럼 찍혀 있다. 내게는 그중의 하나가 강은교의 〈우리가 물이 되어〉이다.

그 시가 서정시라고는 시인 자신도 결코 생각하지 않을 듯싶고 읽는 이들도 그럴지 모르겠지만, 서정시란 머리가 아닌 가슴에 호소하는 시라는 의미에서 보면 내게는 그리운 감정으로 떠오른다.

〈우리가 물이 되어〉라는 시가 답답한 가슴에 시원한 물을 확 끼얹어 주는 것처럼 느껴졌던 시절은, 유신 정권에 맞선 학생들이 데모를 하느라 최루탄 냄새에 눈물을 줄줄줄 흘리고 다닐 때였다. 툭하면 우리는 학교를 가지 않아도 되었고, 쇠창살을 한 돼지우리 모양의 차들이 학교 앞에 줄줄이 서 있을 때였다.

그 시절 나는 이 암담하고 시끄러운 세상을 치유해 주는 시적 해답이 바로 이 시에 있다는 생각을 했다. 그렇다고 이 시를 현실 발언적인 참여시로 느꼈던 게 아니라, 마치 무더운 여름날 폭포수 밑에 서 있는 듯한, 그저 뜬금없이 막 시원한 기분이 들었던 것이다.

이제 와 생각하면 학생들이 알면 얼마나 알 것인가? 자유민주주의가 자신에게 어떤 의미가 있으며 무엇이 무엇보다 더 중요한지에 관한 가치 판단보다는, 젊은 혈기와 자유라는 추상명사를 향한 맹목적인 사랑과 개인의 울분이 뒤섞여 매일 폭발하던 나날들이었다.

물론 그때 그 시간에는 그 자체로도 가치 있고 아름다웠던 '자유'라는 진실—자기 자신 하나만으로도 머리가 폭발할 듯한 대학 4년 동안의 내 정신의 가뭄—, 그러니까 나를 매혹시킨 한 편의 시로 이 시를 기억하고 있음은 그때의 정치 사회적 환경과는 그리 관계가 없다. 그저 그 오랜 가뭄의 분위기 속에서 목이 마를 대로 말라 절규하는 젊음들을 바라보며, "우리가 물이 되어 만난다면……" 하고 되뇌었을 뿐이다.

데모 때문에 학교를 가지 않아도 되면 나는 한편으로 솔직히 행복했다. 그럴 때마다 읽은 강은교의 시들은 가벼운 감상도 아니고, 괜시리 무거운 현실 발언도 아니고, 존재 자체에 관한 깊이 탐구로 여겨졌다. 그리고 지금도 나는 그런 시를, 그런 그림을 좋아한다.

정말 나는 물이 되어 만날 좋은 세상 좋은 사람을 꾸준히 기다려 온 것만 같다. 그러나 단 한 번도 물이 되어 만나지 못하고 정말 시처럼 불로 만나서 시커먼 숯검정으로 화(化)한 것은 아닐까?

이제 학생들은 데모를 하지 않는다. 어쩌면 날이 갈수록 세대가 지날수록 사람은 약아지고 현명해져서 그 어떤 아름다운 대의명분보다도 먹고 사는 일의 위대함을 우리 때보다 더 잘 알고 있는 것 같기도 하다. 아니, 어쩌면 싸워야 할 그 무엇도 없어서 더욱 고독한 자기 자신과의 싸움에 몰두하고 있을지도 모를 일이다.

물이 되어 만날 날에 사람은 어디에

젊음이란 상대가 무엇이든 싸울 대상을 필요로 한다. 그리고 그것이 싸움이 아니라 "우리가 물이 되어 만난다면 / 우리가 키 큰 나무와 함께 서서 / 우르르 우르르 비오는 소리로 흐른다면" 정말 "가문 어느 집에선들 좋아하지 않으랴."

그리고 그녀의 다른 시에서처럼

우리의 적(敵)은 일 센티미터의 먼지와 스무 시간의 소음(騷音)과 그리고 다시 밝는 하늘이다. 몇 번이라도 되아무는 상처와 서른 번의 숨소리와 뜨거운 손톱, 우리의 적은 전쟁이 아니다. 부자유가 아니다. 어둠 속에서도 너무 깊이 보이는 그대와 나의 눈 〔……〕 그렇다, 우리의 적(敵)은 저 끊어지지 않는 희망과 매일 밤 고쳐 꾸는 꿈과 불사(不死)의 길, 그리고 아직 살아 있음.

— 〈우리의 적(敵)은〉

그 시절 얼마나 많은 그녀의 시구들이 나를 사로잡았는지 1976년판 시집 《풀잎》은 온통 빨간 줄 투성이다. 이제야 그 시절 우리의 적은 박정희 유신 정권도 아니고 괜시리 증오하던 교수님과 낯설기 짝이 없는 교우들도 아니고, 학교 안팎에서 숨통을 조여 오는 부자유도 아니었음을 안다. 정말 우리의 적은 "저 끊어지지 않는 희망과 매일 밤 고쳐 꾸는 꿈과 불사(不死)의 길, 그리고 아직 살아 있음"임을 안다.

정말 오랜만에 누렇게 바랜 시집을 뒤적여 보다 문득 이대 앞 어느 찻집에선가 옆자리에 앉아 있던 강은교 시인을 떠올렸다.

지금으로부터 22년 전의 일이다. 나는 그때 미술대학 1년생이었다. 얼마 전 TV에 나온 그녀의 모습은 그때의 느낌과 많이 달랐다. 그때처럼 강렬한 독약 같은 존재의 향기―그렇게 부르고 싶다―는 간데 없고 삶을 사랑하며 보기 좋게 늙어 가는 편안한 모습의 중년 여인이 거기에 있었다. 그리고 그녀의 그런 모습도 보기 좋았다.

괜시리 불행했던 나의 스무 살. 폭포수처럼 내 가슴을 식혀 준 시 〈우리가 물이 되어〉 전문을 그때 그 기분으로 여기에 다시 한 번 직어 본다.

생명이 있는 한
희망이 있다

—작가 미상, 제목 미상

어떤 영혼의 도움도 받지 못하고 혼자 외롭게
세상과 부딪히다 쓰러졌는데
이제는 영혼들이 좀 봐달라고……
난생 처음 백 번 절도 하며 빌고 또 빌었다.

김정일(신경정신과 전문의)

1958년 서울 출생으로 84년 고려대 의과대학을 졸업하고 정신과 전문의로 용인정신병원 정신과장, 서울시립정신병원 등을 거쳤다. 96년 고려대 의과대학에서 박사 학위를 취득하였다. 현재 임상예술학회 회원, 분석심리학회 회원, 김정일 예술치료센터 소장으로 재직중이며, 김정일 정신과 의원을 개원 준비중에 있다. 〈프쉬케, 그대의 거울〉 등 다수의 회곡 작품과 에세이집 《나는 다만 하고 싶지 않은 일을 하지 않을 뿐이다》, 《어떻게 태어난 인생인데》, 《가장 사랑하는 사람이 가장 아프게 한다》, 《아하, 프로이트 1·2》 등 다수의 저서가 있다.

작가 미상, 제목 미상*

한 영혼의 따사로움이 그 사람을 감싸고 있다는 믿음, 그 믿음은 그 사람으로
하여금 어떠한 일도 해나갈 수 있는 힘과 용기를 불러일으켜 줄 것입니다.

* 이 시는 정신병동에 입원해 있던 환자가 필자에게 적어 준 것이며, 제목과 시인은 확인하지
못했다 ─ 필자 주

생명이 있는 한 희망이 있다

"솔바람이 불어오는 가을 언덕에 한 떨기 들국화가 피어 있는 데 그 누구를 남몰래 사모하기에 오늘도 아련히 기다려 본다."

주황색 옷을 입은 한 아름다운 여인이 손을 높게 올린 채로 걸으며 노래 부른다.

그녀는 나에게 무척 잘해 줬다. 내가 의대생이라고 하자 "퇴원하면 나중에 잘해 줘야 해!"라고 말했었다. 퇴원 후 그녀를 찾았으나 만나지는 못했다. 약사라는 말만 어렴풋이 들은 것 같다. 내가 정신병원에 입원했던 해가 79년도니 벌써 20년이 지났다. 그러나 그 때 그 짧은 동안—10일—의 입원은 충격적이도 아름다웠으며 이직도 내 마음속에 진한 그리움으로 남아 있다.

스스로를 메시아라고, 다시 부활한 아담이라고 생각하며 휘황찬란한 종교적 망상에 빠져 있다가 쓰러진 후, 이틀 동안 나는 깊은 잠에 빠져들었다. 깨어나 보니 주변에 사람들이 어슬렁거리며 맴돌고 있었다. 하지만 그들이 환자이고 내가 정신병원에 입원했다는 생각은 조금도 들지 않았다. 그들은 신들인 것 같았고, 나는 여전히 시험에 놓여 있는 거라고만 생각됐다. 뱀처럼 생긴 어느 여자 환자가 부들부들 떨리는 손으로 내 팔을 잡고 이끈다. 나는 공손히 따라간다. 망상 속에서……. "인류의 원죄가 풀리려면 악마를 무시하면 안 돼! 인간이 악마를 진정으로 사랑할 수 있어야 원죄는 풀리는 거야."

그녀는 나를 자기 방 의자에 앉히고 자기도 의자에 앉아 뜨개질을 한다. 뜨개질을 하는 그녀의 손이 떨린다. 나중에 안 일이지만 그녀는 조울증 환자로 리튬이라는 약을 먹고 있어 부작용으로 손이 떨리는 거였다. 젊은 사람들이 들락날락거린다. 나보다 약간 나이가 많은 남자가 말한다. "얘는 잠만 자!" 저녁 때 돌아다니는데 만화책이 눈에 들어온다. 고바우 영감 시리즈들이었는데, 내가 생각하고 느끼는 것들과 묘하게 맞아떨어진다. 나를 중심으로 세상이 돌아가고 있구나 하는 생각이 또 한 번 스쳐간다.

다음날부터 본격적으로 정신병원 생활이 시작됐다. 심리 검사를 하라고 간호사가 뭔가를 갖다 줬는데 약을 독하게 먹어 눈도 안 보이고 손도 떨려 도저히 쓸 수가 없었다. 그때 주황색의 여인이 옆에 앉더니 도와 주겠다고 한다. 그녀는 읽고 나는 대답하고……. 나에게는 너덜너덜한 공책이 한 권 있었다. 나중에 알고 보니 엄마가 갖다 준 것이었다. 그녀가 내 공책에 뭐라고 쓴다.

"한 영혼의 따사로움이……."

그때 이후로 이 글은 내가 가장 좋아하는 시구가 되었다.

언젠가 현대방송에 출연했을 때이다. 무슨 프로였는지는 기억나지 않지만, 출연자에게 미시 모델을 감동시켜 청혼을 해보라고 했다. 내 차례가 와서 나는 여인에게 이렇게 말했다.

"내가 좋아하는 시 구절 하나 읊어 드려도 될까요?"

"네, 좋아요."

"한 영혼의 따사로움이 그 사람을 감싸고 있다는 믿음, 그 믿음은 그 사람으로 하여금 어떠한 일도 해나갈 수 있는 힘과 용기를 불러일으켜 줄 것입니다. 이 시, 어때요?"

"좋은데요."

"제가 당신의 그 영혼이 되도록 허락해 주시겠습니까?"

"네!"

그녀는 진짜 청혼받은 여인처럼 좋아했다. 나 혼자만의 느낌인지는 모르지만⋯⋯.

그곳엔 젊은 여인도 있었다. 그녀는 자기 방으로 마치 숨듯이 들어가 있었는데, 나는 그녀가 누나 같다고 생각했다. 그래서 누나 같은 여자가 어디 갔냐고 하니 그녀가 발그레하게 튀어나온다.

정신병동에는 칠판이 하나 있었다. 그 칠판에 환자들은 마음껏 낙서를 한다.

"어제와 오늘의 고통 속에 빛나는 내일이 있음을 기억하라"도 내 기억에 남은 낙서였다. 나도 뭐라고 적었는데 잘 기억은 안 난다. 퇴원하고 나니 엉뚱한 사실이 기다리고 있었다. 내가 정신이 없는 가운데 죽은 누나를 찾더라는 것이다. 죽은 누나에게 편지도 쓰고……. 그러나 기억은 전혀 없었다. 하지만 죽은 누나에 대한 떠올림은 있었던 것 같다. 퇴원하고 다음해 나는 정신병동의 경험을 바탕으로 소설을 썼다. 제목은 〈파라노이아(체계적 망상)〉. 그 소설에서 나는 누나에 대한 얘기를 많이 썼다. 나도 모르게 떠오르는 대로 무의식적으로…….

정훈 : 당신은 누구세요?

누나 : 항상 저만 생각했다면서 몰라보세요. 2월 22일 일기를 큰소리로 읽어 보세요.

정훈 : 2월 22일, 언젠가 어머님으로부터 내 위에 누나가 하나 있었는데 낳자마자 죽었다는 말을 들었다. 그때 이후로 나는 어딘지 모르게 누나의 영상이 나의 마음 깊숙이 도사리고 있다고 느끼게 되었다. ……나의 인생은 나 혼자만의 인생이 아니라 나의 누나의 삶을 포함한 인생이다. ……

그때 나는 누나를 만났을까? 정신병 상태는 집단 무의식이 의식을 삼켜 해체 · 지배하는 상태이며, 그 집단 무의식의 원 형상들 중에는 신화적인 상들이 많다. 그 상들은 밖으로도 투사될 수가 있고

밖의 영혼들과도 만날 수 있다. 어쩌면 나는 그때 죽은 누나의 영혼을, 다른 환자에게 씌워진 누님의 영혼을 만났을지도 모른다.

무속인 심진송 씨는 나에게 이렇게 물었다. 글을 쓰거나 일을 할 때 자기 능력 이상으로 저절로 풀려가는 것을 느낄 때는 없었느냐고 말이다. 물론 있다. 그건 바로 보이지 않는 누군가가 도와 줘서 그렇다. 내 어깨 뒤에는 나를 똑닮은 두 사람이 있는데 바로 할아버지와 아버지의 영혼이라고 그녀는 말했다. 그래, 할아버지가 나를 도와 준다고 느끼긴 했다. 이북에서 한의사로 유명하고 능력 많았던 할아버지. 술 때문에 일찍 돌아가셨다고 했는데, 어쩌면 나를 지금도 도와 주고 있는지 모른다.

아버지는 막내인 나를 워나 사랑하셨으니 물론일 테고……. 누나가 도와 주고 할아버지, 아버지가 도와 주시니 인생 살기는 역시 고행이긴 하나 다채롭게 재미있기도 하다. 할아버지 따라 술도 마시고 아버지같이 사랑도 많이 하고 누나같이 여성적 감성으로 세상을 느끼기도 하고……. 내게는 한 영혼의 따사로움이 세 영혼의 질식할 듯한 사랑으로 다가오는 것이다.

그러나 이에 비해 우리 형은 너무 불쌍하다. 죽은 누나보다는 일찍 태어나서, 또 자라면서는 약은 막내인 나한테 치여서, 또 의업을 계승하지 못해 할아버지한테도 사랑받지 못하고……. 그러나 혼자 힘으로 기술사 자격증까지 따면서 대기만성을 했는데 얼마 전에 뇌종양 판정을 받고 입원해 있다. 나는 나름대로 형을 구하기 위해 굿도 하고 얼마 전에는 동해용왕에게 가서 빌고도 왔다. 어떤 영혼의 도움도 받지 못하고 혼자 외롭게 세상과 부딪히다 쓰러졌는데, 이제는 영혼들이 좀 봐달라고……. 난생 처음 백 번 절도 하며 빌고 또 빌었다. 용궁기도를 주재하는 무속인이 말한다. 아버지가 자꾸 보이는데 기적이 일어날 것 같다고. 아버지가 저렇게 살려달라고 매달리는데, 아마 형님에게는 꼭 기적이 일어날 것이다.

"한 영혼의 따사로움이 그 사람을 감싸고 있다는 믿음, 그 믿음은 그 사람으로 하여금 어떠한 일도 해나갈 수 있는 힘과 용기를 불러일으켜 줄 것입니다."

내가 좋아하는 이 시구가 형에게도 닿아서 무사히 완치됐으면 하는 바람이다. 나를 둘러싼 세 영혼들의 사랑이 줄어들어도 좋으니…….

어린 시절 우리 집에는 항상 "생명이 있는 한 희망이 있다"라는 세르반테스의 글귀가 걸려 있었는데, 그 글귀대로 형이 끝까지 희망을 버리지 않고 싸워 줬으면 하는 바람이다.

정자(精子)들의
무서운 질주

─이상의 〈오감도(烏瞰圖)〉시 제1호

공격과 수비, 지배와 복종, 들이밈과 받아들임,
적극적인 것과 수동적인 것,
이런 대칭적 관계들이 바로 자연의 법칙이며
생태계가 유지되는 근본 원리인 것이다.

마광수(연세대 교수 · 소설가)

1951년 서울에서 출생하여 연세대 국문학과 및 동 대학원을 졸업했다. 77년 〈배꼽에〉 등 6편의 시가 《현대문학》에 추천되어 등단했으며, 89년 장편소설 〈권태〉를 《문학사상》에 연재하여 소설가로서의 활동을 시작했다. 저서로는 시집 《가자, 장미여관으로》, 《사랑의 슬픔》 등과 장편소설 《즐거운 사라》, 《광마일기》, 《불안》, 《자궁 속으로》 및 에세이집 《나는 야한 여자가 좋다》, 《운명》, 《성애론》, 《자유에의 용기》, 문학이론서 《시학》, 《윤동주 연구》, 《카타르시스란 무엇인가》 등 다수가 있다.

이상의 〈오감도(烏瞰圖)〉시 제1호

13인의아해가도로로질주하오.
(길은막다른골목이적당하오.)

제1의아해가무섭다고그리오.
제2의아해가무섭다고그리오.
제3의아해가무섭다고그리오.
제4의아해가무섭다고그리오.
제5의아해가무섭다고그리오.
제6의아해가무섭다고그리오.
제7의아해가무섭다고그리오.
제8의아해가무섭다고그리오.
제9의아해가무섭다고그리오.

제10의아해가무섭다고그리오.
제11의아해가무섭다고그리오.

제12의아해가무섭다고그리오.
13인의아해는무서운아해와무서워하는
아해와그렇게뿐이모였소.
(다른사정은없는것이차라리나았소.)

그중에1인의아해가무서운아해라도좋소.
그중에2인의아해가무서운아해라도좋소.
그중에2인의아해가무서워하는아해라도
좋소.
그중에1인의아해가무서워하는아해라도
좋소.

(길은뚫린골목이라도적당하오.)
13인의아해가도로로질주하지아니하여
도좋소.

정자(精子)들의 무서운 질주

　무의식에 내재돼 있는 성적 욕구를 의도적으로 상징화하여 전체적 통일성을 획득한 시의 예로, 이상의 〈오감도(烏瞰圖)〉를 들 수 있다. 이 작품은 시인의 장난기 어린 암호(暗號) 취미가 섹스에 관련된 원형적 상징의 구사로 연결되어 궁금증과 호기심을 불러일 으킨 경우인데, 나는 이 작품의 시적 암호를 풀어 내며 무한한 재 미를 느꼈다.

　이상의 작품은 내용보다는 난해성으로 하여 더욱 유명하다. 그의 대표작이라 할 수 있는 〈오감도〉 역시 그 난해성 때문에 지금까지 많은 평사들에 의해 구구한 해석이 시도되어 왔다. 이 작품에 대한 가장 상식적인 해석은 "이상이 살았던 시대와 상황이 가져다 주는 불안과 공포, 그리고 무상성(無常性)을 상징적으로 나타낸 것"이라 는 해석이었다. 이러한 해석을 가능하게 하는 중요한 단서는 '13' 이라는 숫자의 사용과 '무서워하는 아해'의 반복적인 표현이다. '13'은 서양 사람들에게는 가장 불길한 숫자로 인식되고 있으며 공 포의 대상이 된다. 그래서 '13'은 '무섭다'와 자연스럽게 맞아떨어 진다. 따라서 이 작품을 그저 겉핥기식으로 훌쩍 읽어 버리면 난해 한 작품이 아니라 너무나 쉬운 작품이 된다.

　더욱이 이상이 살았던 시대가 식민지 시대였다는 점을 감안하면,

이 작품은 '식민지 청년의 우울과 불안 그리고 공포'를 암시적으로 표현한 것이 되어 일종의 '저항시', '애국시'가 되어 버린다. 그래서 최근에는 심지어 이 작품이 광주 학생 사건을 그린 것이라는 기발한 해석도 등장했다. '아해들'이란 데모를 하는 학생들을 가리키는 것이며, '막다른 골목으로의 질주'는 학생들이 일본 순사들에 쫓겨 이 골목 저 골목으로 필사적으로 달아나는 모습을 나타낸 것이라는 것이다.

그러나 이상의 일생과 그가 남긴 작품들을 비교해서 살펴보면, 이 시가 애국시나 저항시라는 설명은 좀 무리가 있는 듯싶다. 이상은 일문(日文)으로 된 작품을 많이 썼으며, 특히 그의 시 전반에 흐르고 있는 기본적인 주제는 성과 잠재의식에 관한 것이 대부분이기 때문이다. 그는 프로이트의 범성욕설(汎性慾說)에 크게 심취했던 것 같다. 그가 가장 관심을 가졌던 문제는 식민지적 현실이나 정치적 상황 같은 것이 아니라 어디까지나 개인적인 실존의 문제였다.

그는 인간 실존의 원초적 근거를 섹스로 파악하고 섹스의 본질에 대한 탐구와 실험 그리고 회의(懷疑)에 많은 정력을 쏟았다. 그의 복잡하고 다양한 여성 편력이라든지, 그가 경영했던 카페의 이름인 '69'는 남녀가 서로 거꾸로 포개져 구강섹스를 하는 형태로서 지금까지도 가장 에로틱한 성애의 심볼로 많이 사용되고 있다.

〈봉별기(逢別記)〉나 〈날개〉 등의 소설은 모두 이상 자신의 실제적

체험에 바탕하여 씌어진 변태적인 남녀관계나 성관계에 대한 냉소적이고 자학적인 풍자이고, 〈최후〉, 〈꽃나무〉, 〈차(且)8씨의 출발〉 등의 시는 모두 섹스 행위에 관한 회화적(戱畵的) 암시인 것이다. 〈최후〉는 아무래도 아담과 이브가 사과를 따먹은 뒤, 즉 첫 섹스를 한 뒤에 느낀 고통과 환희를 표현하고 있는 것 같고, 〈차(且)8씨의 출발〉은 '차(且)' 자로써 남성의 페니스를, '8' 자로써 남성의 고환을 상형문자화함으로써 성교행위를 나타내고 있다. 〈꽃나무〉는 남성의 자위행위를 그린 것이다.

이러한 사전 지식을 바탕으로 〈오감도〉를 분석해 보면, 이 작품 역시 남녀간의 성교를 상징적으로 표현하고 있는 작품이라고 볼 수밖에 없다. 더 구체적으로 설명하자면 이 작품은 '성교시 사정에 의한 정자의 분출'을 그리고 있는 것이다. 이 시의 핵심적인 상징어는 '13', '아해', '무섭다', '막다른 골목으로의 질주'인데, 이러한 상징어들은 하나같이 섹스와 관련된 것들이기 때문이다. 〈오감도〉라는 제목도 영어의 '오르가슴(orgasm)'을 원어 발음 가깝게 한 자로 표기하여 장난한 흔적이 짙다. 그러니까 〈오감도〉는 곧 '오르가슴도'가 되는 셈이다.

먼저 '13'의 의미를 살펴보자. '13'은 우선 그 글자의 모양이 남녀의 대표적인 성적 표상물을 나타내고 있다. '1'이란 숫자는 남성의 페니스를 상징하고, '3'은 여성의 유방 또는 엉덩이를 나타내고 있어, '13'을 '3—'로 다시 배열해 놓으면 성교시의 배위(背位) 체위를 연상할 수 있게 된다. 그러므로 '13인의 아해'는 섹스 행위 때 방출되는 수많은 정자들을 상징한다고 할 수 있다. 이상은 〈오감도〉말고도 여러 작품에서 1과 3의 숫자를 애용하고 있다. 특히 〈선(線)에 관한 각서(覺書)·2〉는 시 전체가 '1+3'이라는 행의 나열로 가득 채워져 있는데, '1+3'이란 말하자면 남녀의 결합을 가리키는 것이다.

또한 '13'이란 숫자는 '13세'의 뜻으로 해석될 수 있다. 아이들은 13세가 되면서 성적 특징이 완연히 드러나게 된다. 갓난아이 때 입으로 어머니의 젖을 빨면서 성적 쾌감을 느끼는 구순기(口脣期)를 거쳐 배설을 통해 성적 쾌감을 느끼는 항문기(肛門期), 그리고 성기의 존재를 인식하고 거세 불안(去勢不安)에 시달리는 남근기(男根期, 또는 성기기)를 지나 13세가 되면 비로소 아이들의 성적 충동은 변태적인 상태가 아니라 안정된 상태로 접어든다. 그러나 대부분의 아이들은 자신의 육체적 변화에 충격을 받고 막연한 불안감과 공포감에 사로잡히게 되는 것이다. 이런 심리와 함께 아이들은 자신의 성적 욕구를 충족시키기 위한 방법들을 찾는다. '막다른 골목'이나 '뚫린 골목'으로.

'무섭다'가 상징하고 있는 것은 성에 대한 호기심과 공포이다. 일찍이 프로이트는 〈무시무시한 것에 대하여〉라는 논문에서 "무서운 것은 모두 성기를 상징한다"고 갈파한 바 있다. 흔히 무덤 속, 깊은 우물, 밀림, 긴 동굴 등이 상징하는 것은 모두 다 여성의 성기이며, 남성의 페니스 역시 여성에게는 호기심과 두려움 그리고 선망의 대상이 되는 것이다. 공포소설이나 공포영화가 줄곧 인기를 끄는 것은 인간의 잠재심리 깊숙이 '무시무시한 것'을 좋아하는 본능이 자리잡고 있기 때문이고, '무시무시한 것'은 곧 섹스와 통한다.

'무시무시한 것'은 또한 사디즘과 마조히즘의 심리를 나타내기도 하는데, 무서워하며 즐거워하는 것이 마조히즘이고 무섭게 하면서 즐거워하는 것이 사디즘이기 때문이다. 이 시에서 "13인의 아해는 무서운 아해와 무서워하는 아해와 그렇게뿐이 모였소"라고 표현한 것은 성관계를 포함한 모든 인간관계가 사디즘과 마조히즘에 기초하고 있다는 것을 암시하고 있다. 공격과 수비, 지배와 복종, 들이 밈과 받아들임, 적극적인 것과 수동적인 것, 이런 대칭적 관계들이 바로 자연의 법칙이며 생태계가 유지되는 근본 원리인 것이다. 동양철학에서 음과 양의 이분법으로 모든 우주 현상을 표상하려 하는 것도 이런 원리에 입각한 것이라고 볼 수 있다.

'막다른 골목'은 물론 여성의 성기를 가리키는 것이다. 그렇다면 이 시의 작자는 왜 마지막 부분에 가서 "길은 뚫린 골목이라도 적당하오"라고 했을까? 그 이유는 성행위의 다양성을 암시한 것이라고 풀이할 수 있다. '막다른 골목'이란 말하자면 여성과의 성교시

음경의 삽입을 통해 즐기는 방법을 말한 것이고, '뚫린 골목'이란 자기 혼자서 스스로 즐기는 수음(手淫)행위를 가리키는 것이다. 성교를 통해서건 자위행위를 통해서건 성적 욕구를 푼다는 점에서는 마찬가지라는 것을 이 구절은 말해 주고 있다.

마지막 구절에서 "13인의 아해가 도로로 질주하지 아니하여도 좋소"라고 한 것은, 수음으로든 성교로든 일단 성적 욕구가 충족된 다음의 상태를 뜻한다. 이미 사정이 이루어졌기 때문에 더 이상 정자가 질주할 필요가 없다는 의미이리라.

누구인들 지친 길손일지니
─이문재의 〈노독〉

조문 온 이들에게 띄우는 감사의 인사장이겠건만
나에게는 결코 그렇게 여겨지지가 않았다.
그것은 차라리 어머니를 향한 사모곡이요,
어머니에게 바치는 마음의 시였다.

조양욱(일본문화연구소장)

한국외국어대학 일본어과를 나와 82년 일본 교토통신 기자, 88년 《조선일보》 문화부 기자, 91년 《국민일보》 도쿄 특파원과 문화부장을 지냈으며, 현재 일본문화연구소장으로 재직중이다. 일본 라디오 단파방송이 주는 제8회 아시아상을 수상한 바 있으며, 저서로는 《천의 얼굴 일본 일본 일본》, 《짚신 신고 사쿠라를 보아 하니》, 《쌈지 속에 담긴 일본 이야기》, 《일본, 키워드 77》 등 다수가 있다.

이문재의 〈노독〉

어두워지자 길이
그만 내려서라 한다
길 끝에서 등불을 찾는 마음의 끝
길을 닮아 물 앞에서
문 뒤에서 멈칫거린다
나의 사방은 얼마나 어둡길래
등불 이리 환한가
내 그림자 이토록 낯선가
등불이 어둠의 그늘로 보이고
내가 어둠의 유일한 빈틈일 때
내 몸의 끝에서 떨어지는
파란 독 한 사발
몸 속으로 들어온 길이
불의 심지를 한 칸 올리며 말한다
함부로 길을 나서
길 너머를 그리워한 죄

누구인들 지친 길손일지니

일본이 태평양전쟁에서 패한 뒤 일본 내 첫 밀리언셀러는 장편소설 《스물네 개의 눈동자》였다. 궁색한 시골 초등학교 분교에 갓 부임해온 처녀 선생님과, 12명의 천진난만한 학동들 사이에 펼쳐지는 동화같이 아름다운 이 소설은 영화로 만들어져 일본 전역을 울음의 도가니로 몰아넣었다. 여류작가 스보이 사카에가 쓴 이 작품의 첫 구절은 이렇게 시작된다.

"10년을 한 옛날이라고 치자면 이 이야기의 발단은 지금으로부터 두 옛날 반 전으로 거슬러 올라간다."

우리에게는 그런 셈본이 없다. 옛날이라면 그저 '호랑이 담배 먹던 시절'이거나 기껏해야 '할머니가 어렸을 무렵' 정도가 아닐까 싶다. 그러나 여기서는 일본인들이 즐겨 쓰는 이 표현법을 잠깐 빌기로 하자.

내가 본격적으로 문학을 접한 것은 지금으로부터 '한 옛날 반' 전의 일이다. 물론 그 전에도 시를 암송하고 소설을 읽기는 했다. 누구나 그러하듯 한밤에 잠 못 이루어 공책을 펼쳐 놓고 모나미 볼펜으로 무언가를 끄적거리던 이른바 문청(文青)의 시기도 거치기야 했다. 그래서 '본격적으로'라는 수사(修辭)를 붙였지만, 그렇다고 내 자신이 등단하여 작가의 길로 들어선 것은 아니었다.

신문사에서 밥을 먹던 나는 이 무렵 팔자에 없는 문학 담당 기자가 되고 말았다. "무엇도 모르는 사람이 면장을 한다"는 우스갯소리가 있듯, 나야말로 문학의 '문'자도 모르는 주제에 취재를 하고 기사를 써야 했다. 하지만 처음 얼마 동안을 소태 씹은 표정으로 돌아다니던 나는 어느 결에 문학의 은근한 재미에 빠져들었다.

무엇보다 글로만 대하던 문인들을 직접 만나 이런저런 이야기를 나눌 수 있다는 사실이 하나의 큰 기쁨이었다. 그러면서 묘한, 혹은 못된 버릇마저 생겼다. 작품과 작가를 은연중에 비교하며 작품 세계와 그이의 삶이 일치하는지를 공연히 따지려 들었던 것이다. 특히 시를 대할 때가 그랬다. 물론 그런 나의 질 나쁜 감별법에 의해 표리부동의 사람으로 낙인 찍힌 시인은 극히 드물었음을 밝혀 두어야겠다.

아무튼 많은 이들을 만나 차도 마시고 밤을 새우며 술잔을 기울이기도 했다. 여기 새삼스럽게 그이들의 이름을 들먹이는 일은 그만두기로 하자. 오직 두 사람, 이제는 우리 곁을 떠난 박정만, 기형도 두 시인의 이름만은 다시 한 번 가만히 되뇌어 본다.

이문재 시인은 당시 내가 사귀던 문인은 아니었다. 솔직히 그는 나보다 어리니까, 아니 젊으니까, 시체말로 함께 놀 '군번'이 아니었다. 그런 그를 처음 만난 게 언제, 어디서였는지 아무래도 기억이 가물가물하다. 그는 어느 날 바람처럼 그의 트레이드 마크라고 나 할 잿빛 바바리를 걸치고 내 앞에 나타났다.

고백하건데 우리는 지금껏 미리 시간과 장소를 정하고 만난 적이 단 한 번도 없었다. 나도 자주 가고 그도 무시로 들리는 인사동의 주점에서 우연히 조우할 따름이었다. 대개의 경우 그는 이미 몸을 가누지 못할 만큼 취기가 올라 있을 때가 많았으나, 그 그윽한 눈길과 맑은 마음까지는 감추지 못했다.

금년 봄의 어느 날, 그날 역시 우리는 우연히 마주쳤다. 그가 대뜸 일본을 다녀와야겠다고 했다. 연유를 물은즉 '벚꽃이 바다로 떨어지는 광경'을 직접 자신의 눈으로 봐야겠다는 것이었다. 알다시피 벚나무는 꽃잎이 거의 동시에 만발했다가 한꺼번에, 순식간에 져 버린다. 마치 함박눈이 내리는 듯한 광경, 더구나 지는 꽃잎들이 죄다 바다로 빠져든다면 그야말로 장관이요 시일 터였다.

그때 나는 같이 가자고 약속했다. 마침 도쿄 국제 도서전을 참관할 계획이 있었으므로 괜한 공수표의 남발은 아니었던 셈이다. 그런데도 나는 약속을 지키지 못했다. 분명 둘 다 바다를 건너가긴 했으나 형편이 여의치 못했던 것이다. 굳이 변명을 하자면 우리는 서로 다른 일행들과 엮여 있는 바람에 숙소부터가 달랐다. 또 하필 올해는 이상기온 탓으로 벚꽃이 예년에 비해 일주일이나 빨리 피었고, 주책없이 비는 자꾸 내려 우리가 일본 땅을 디뎠을 무렵에는 벌써 낙화되고 말았던 것이다.

그래도 그렇지, 남아일언중천금이라는데 실없는 인간이 되어 버린 미안함에 고개를 빠트리고 있는 참에, 고맙게도 그가 세 번째 시집 《마음의 오지》를 보내 주었다. 그가 일하는 출판사 문학동네에서 펴낸 그 예쁘장한 시집의 맨 앞에 실린 시가 바로 〈노독〉이었다. 읽고 또 읽으며 우리의 핍절한 삶을 들추다가 나도 모르게 덩달아 외치고 말았다.

"함부로 길을 나서 / 길 너머를 그리워한 죄"

그로부터 달포도 지나지 않아 이번에는 부음이 들려 왔다. 이문재 시인의 어머님이 세상을 뜨셨다는 전갈이었다. 불현듯 언젠가 읽었던 글이 생각났다. 동숭동에서 연극을 보고 나서였다든가, 이문재 시인이 어머니에게 전화를 걸어 "누구누구 씨 계십니까?" 하고 감히 어르신의 함자를 불렀다고 한다. 금세 아들의 어리광을 눈치채신 어머님은 "예끼, 인석아! 또 술 먹었구나" 하며 웃으셨다는 것이다. 그 인자하고 자상한 어머님이 먼 길을 떠나시다니……

상을 치르고 난 뒤 그가 편지 한 통을 보내 왔다. 필경 조문 온 이들에게 띄우는 감사의 인사장이겠건만 나에게는 결코 그렇게 여겨지지가 않았다. 그것은 차라리 어머니를 향한 사모곡이요, 어머니에게 바치는 마음의 시였다.

5월 12일 정오께, 아버님이 누워 계신 바로 옆자리에 어머님을 모셨습니다. 날이 유난히 화창해서 어머님 가시는 길이 그리 어둡지는 않을 것 같다는 마음으로 겨우 위안을 삼았습니다. 〔……〕 불효로써 어머님을 떠나 보내고, 또 불효에 대한 후회로써 살아가야 할 저희들은 그 환한 봄볕 속을 떠나는 꽃상여 뒤를 따라갔습니다. 한 걸음 한 걸음 내딛을 때마다 어머님의 고단하고 불우했던 생애를 떠올렸습니다. 〔……〕 일찍이 며느리였고, 오랫동안 아내였으며, 여든 셋으로 운명하실 때까지 아프고 외로운 어머니였습니다. 〔……〕 꽃상여를 뒤따르며 긴 문장이 되지 않는 서툴고 짧은 기도를 중얼거렸습니다. 어머니, 부디 좋은 기억만 갖고 가십시오. 뒤돌아보지 마시고 어서 가십시오. 〔……〕"

아무리 인사장이더라도 사사로운 편지를 공개한 또 하나의 죄, 다음에 그와 마주치면 꼭 술 한 잔을 사야겠다.

나라 사랑,
한복 사랑의 대물림

—이상화의 〈빼앗긴 들에도 봄은 오는가〉

선생님이 들려주신 그의 시와
시인의 일생은
나에게는 그대로 나의 아버지의 시요,
아버지의 이야기였다.

이영희(한복 디자이너·매종 드 이영희 대표)

1936년 경북 대구 출생으로 성신여대 대학원 염직공예과를 수료했으며, 77년 이영희 한국의상을 오픈하였다. 95년 프랑스에서 열린 〈한복;바람의 옷〉 전시회 등 110여 회의 국제 전시회를 비롯한 패션쇼를 통해 '키모노'라 불리던 한복을 널리 알리며, 개량 한복의 선두주자로서 한복의 현대화·국제화를 위해 앞장서고 있다. 한국적인 색채와 선을 응용한 의상으로 93년 국내 최초로 파리 프레타포르테에 참가, 세계 패션계의 주목을 받고 있다. 현재 동덕여대 의상디자인학과 겸임교수로 재직중이며, 매종 드 이영희 대표로 있다.

이상화의 〈빼앗긴 들에도 봄은 오는가〉

지금은 남의 땅—빼앗긴 들에도 봄은 오는가?

나는 온몸에 햇살을 받고
푸른 하늘 푸른 들이 맞붙은 곳으로
가르마 같은 논길을 따라 꿈속을 가듯 걸어만 간다.

입술을 다문 하늘아 들아,
내 맘에는 나 혼자 온 것 같지를 않구나!
네가 끌었느냐 누가 부르더냐
답답워라 말을 해다오.

바람은 내 귀에 속삭이며
한 자욱도 섰지 마라 옷자락을 흔들고
종다리는 울타리 너머 아가씨같이 구름 뒤에서 반갑다 웃네.

고맙게 잘 자란 보리밭아
간밤 자정이 넘어 내리던 고운 비로
너는 삼단 같은 머리털을 감았구나 내 머리조차 가뿐하다.

혼자라도 가쁘게나 가자.
마른 논을 안고 도는 착한 도랑이
젖먹이 달래는 노래를 하고 제 혼자 어깨춤만 추고 가네.

나비 제비야 깝치지 마라
맨드라미 들마꽃에도 인사를 해야지
아주까리 기름을 바른 이가 지심매던 그 들이라 다 보고 싶다.

내 손에 호미를 쥐어 다오
살진 젖가슴과 같은 부드러운 이 흙을
발목이 시도록 밟아도 보고 좋은 땀조차 흘리고 싶다.

강가에 나온 아이와 같이
짬도 모르고 끝도 없이 닫는 내 혼아
무엇을 찾느냐 어디로 가느냐 우습다 답을 하려무나.

나는 온몸에 풋내를 띠고
푸른 웃음 푸른 설움이 어우러진 사이로
다리를 절며 하루를 걷는다 아마도 봄 신령이 잡혔나 보다.

그러나 지금은— 들을 빼앗겨 봄조차 빼앗기겠네.

나라 사랑, 한복 사랑의 대물림

　　1997년 KBS-TV의 〈신한국기행〉을 촬영하느라 고향인 대
구에서 여러 날을 머물렀다. 어린 시절부터의 추억을 더듬어 오던
중 달성공원에서 다시 이 시와 마주하게 되었다. 시비(詩碑)에 새
겨진 이상화의 〈빼앗긴 들에도 봄은 오는가〉를 대하는 순간, 참으
로 오랜 세월 잊고 있던 기억 속으로 되돌아가는 느낌이었다.

　　그 당시는 우리 민족 모두가 그랬겠지만 나에게는 정말 암울한
해였다. 열다섯 살 소녀가 감당하기엔 벅찬 일들의 연속이었는데,
그해 봄 아버지가 돌아가셨고, 여름에 6·25 전쟁이 터진 것이다.

　　아버지는 부잣집 외아들로 태어나 남부러울 것 없이 자란 분이셨
다. 하지만 일제 치하에서 당신이 누리는 호사도 위안이 되기보다
는 괴로움만 더 커질 뿐이었다.

　　어느 날 아버지는 우리 민족이 처한 고통에서 벗어나기 위해서
'지피지기(知彼知己)' 즉 적을 자세히 알고 자신의 힘을 알기 위해
서 동경 유학을 결정했다. 집안의 종손인 외아들을 적의 땅에 보낼
수 없다는 할아버지의 완강한 반대로 유학길에 오르지 못한 아버지
는, 판사로 재직하실 당시 재판 도중 일본인 변호사를 의자로 때려
곤경에 빠지게 되었다. 그 뒤 아버지는 지식인으로서 민족의 참담
한 현실을 견디기 힘드셨는지, 기방(妓房) 출입을 하시고 풍류와

시로 세월에 떠밀리듯 사셨다. 가끔 학교에서 돌아온 내게 한글을 가르쳐 주시면서 시를 읊으셨는데, 지금도 생생한 기억은 시작과 끝부분에서 유독 더 일그러지시던 아버지의 표정이었다.

"지금은 남의 땅―빼앗긴 들에도 봄은 오는가?"와 "그러나 지금은―들을 빼앗겨 봄조차 빼앗기겠네" 부분이다.

아버지가 간절히 바라던 광복이 되고, 이제 더 이상 일본말을 하지 않고 내 나라 말을 마음껏 해도 되는 기쁨도 잠시 동족끼리의 싸움을 보고 싶지 않으셨는지 몇 달 앞서 마흔다섯으로 생을 접으셨다.

그해 여름 내내 괴뢰군이 쏘아대는 대포소리와 번쩍이는 불빛은 팔공산을 흔들고 하늘의 별을 일제히 땅에 떨어뜨릴 듯 격렬했다. 나는 언제라도 피난을 갈 수 있도록 아버지의 사진과 지방(紙榜), 아버지가 아끼던 시집을 내 보퉁이에 꾸려 머리맡에 두고 잠을 잤다. 한번은 경산까지 피난 갔다가 네 시간 만에 돌아왔지만, 몰려드는 피난민들로 집안이 온통 법석이었다. 늘 혼자 자라던 나는 그들에게 내 방까지 내어 주는 것이 싫어서 심통을 부리다가도 피난민을 친동기간 이상으로 보살피는 어머니의 모습을 보고는 수그러들 수밖에 없었다.

전쟁이 계속되고 UN군이 우리 학교에까지 들어오게 되었는데,

화재까지 덮쳐 우리는 임시로 지은 교실에서 가마니를 깔고 수업을 해야 했다. 매일 "두부 사이소, 고구마 사이소"를 외치는 장사꾼들의 소리가 하루 종일 떠나지를 않았으니 공부가 제대로 될 리 없었지만 국어 시간이 있어 즐거웠다.

고등학교 1학년 때 국어 선생님은 이상화 시인에 대한 이야기를 하실 때면 열변을 토하곤 하셨다. 시인의 인생과 유보화와의 애절했던 사랑에 매료된 듯했다. 만약 국어 선생님이 여자였다면 이상화를 연모한다고 주저없이 말했을 것이다.

어쨌든 선생님께서 들려주신 그의 시와 일생은 나에게는 그대로 나의 아버지의 시요, 아버지의 이야기였다. 잘생기고 멋쟁이였고 그리 길지 않은 일생을—이상화는 43세, 아버지는 45세에 타계하셨다. 나라를 잃은 아픔과 젊음의 꿈을 이루지 못한 채 보낸 방황과 고뇌의 세월을 우리 산하에 대한 사랑으로 노래한 시에 녹아들게 했던 두 분, 그분들은 나에게 있어서는 둘이 아니라 한 사람처럼 느껴져 그의 시를 마치 아버지를 만나는 마음으로 소중히 여기며 외우고 또 외웠다.

나는 한복에 대한 애정이 남달라서 그 아름다움을 전 세계인에게 알리기 위해 국내와 해외에서 수없이 많은 패션쇼를 열었다. 더 나아가 우리뿐만 아니라 그들에게 한복을 입히고 싶은 마음에 현대화

시킨 한복으로 파리 프레타 포르테 콜렉션에 참가했다. 그런데 그 곳 패션인들이 한복의 저고리를 변형시킨 옷을 보고 일본의 키모노에서 따온 옷이라고 했을 때 분한 마음을 억누르기가 힘들었다.

그 이후로도 한복을 제대로 알리기 위해 파리에서 〈한복 ; 바람의 옷〉이라는 전시회를 가졌다. 한복이 '한국의 전통의상'이라는 설명이 아닌 '한복—HANBOK'이라는 제 이름을 찾아주고 싶었다.

세월이 흐른 지금 한복은 제자리를 찾아가고 있다. 내가 인터뷰 도중에 받는 질문은 누구의 영향을 받았느냐는 거였다. 그때마다 나는 서슴지 않고 어머니와 고(故) 석주선 박사님이라고 대답했다. 석주선 박사님께서 내게 한복의 정신적인 면을 가르쳐 주셨다면 어머니는 실생활에서 모든 것을 보여 주셨다. 염색에서 바느질까지의 전 과정은 그대로 산 교육이 되었다.

참으로 뒤돌아볼 겨를없이 바쁜 시간을 보내느라 까맣게 잊고 살았다. 달성공원에서 〈빼앗긴 들에도 봄은 오는가〉와 마주쳤을 때 그 동안 내가 하고 있는 이 모든 일들이 어머니의 영향이라 생각했지만, 아버지의 정신적인 영향도 있었다는 생각이 들었다.

누가 나한테 우리의 한복을 세계에 알리기 위해 낯선 이국을 헤매고 다니라고 한 적은 없다. 거창하게 애국심 같은 것은 더더욱 아니었다. 다만 한복을 사랑하는 마음, 우리의 전통이 소중하다는 마음뿐이었다. 내 나름의 나라 사랑이고 산과 들에 대한 애정이라

한복 사랑의 대물림, 나라 사랑

는 생각이 들었다(나는 한복의 색깔을 고를 때 늘 사계절이 보여 주는 자연의 색깔을 선호한다). 막연하던 아버지의 삶이 배어 나오는 이상화의 시는 기나긴 세월 동안 나도 모르는 사이에 정신적 버팀목이 되어 주었던 것이다.

서정과 서사의 파격

—마츠라브의 《불타오르는 방랑자, 수피 수도사의 일화와 시편》 중에서

우리가 어떤 교리나 지식에
머무르려고 하면 뜻하는 바를 알지 못한다.
모든 집착을 버려야 한다는 것이
시 전체에서 말하고자 한 바이다.

조동일(서울대 교수)

1966년 서울대 국문학과를 졸업하고, 76년 동 대학원에서 박사 학위를 취득했다. 68년 계명대 교수를 거쳐 영남대, 한국정신문화연구원 교수를 역임했다. 현재 서울대 국문학과 교수 및 일본 도쿄대 객원교수로 재직중이다. 출판문화상과 중앙문화대상을 수상한 바 있으며, 저서로는 《서사민요연구》, 《한국문학통사》, 《우리 학문의 길》, 《한국의 문학사와 철학사》 등 다수의 국문학 연구 서적이 있다.

마츠라브의 《불타오르는 방랑자, 수피 수도사의 일화와 시편》 중에서

나는 미치광이 방외인(方外人), 초원에도 사막에도 머무를 곳이 없다.
내 마음은 이 세상 어디에도 자기 자리가 없어 급류로 흘러가는 빛나는 강이다.

나에게 삶의 규칙, 삶의 방도, 삶의 진리가 있다.
나는 술탄처럼 강력하지만, 천상에도 머무를 곳이 없다.

아브라함은 나의 지팡이이고, 넴로드의 불꽃은 나의 사다리이다.
나는 진실의 진주이지만, 그 흐름에도 머무를 곳이 없다.

나는 카바로 가지 않는다. 검은 돌을 둘러싸고 있는 모스크에도 머무를 곳이 없
는 나는 진리를 찾는 방랑자.
때로는 수도자, 때로는 제왕, 때로는 걸인인 나는 엉뚱한 방랑자. 최후의 심판
에도 머무를 곳이 없다.

황홀한 곳에 이르러, 나는 때로는 내 안에, 때로는 내 밖에 있다.
미친 짓을 하는 길에서 취해, 나는 예의도덕에도 머무를 곳이 없다.

때로는 러시아인, 때로는 체르케스인, 때로는 무슬림인

나는 왜 고집을 부리겠는가, '라'와 '엘' 사이에도 머무를 곳이 없다.

나는 가여운 사람, 노예 신세인 마츠라브
나는 이 세상에도 저 세상에도 머무를 곳이 없다.

서정과 서사의 파격

중앙아시아에 있는 우즈베키스탄은 먼 나라이다. 나는 그 나라에 가 보지 못했다. 그런 나라의 문학에 대해서 관심을 가지는 것은 쉬운 일이 아니다. 그러니 세상에는 묘한 인연도 있다.

몇 해 전에 벨기에의 브뤼셀에 있는 어느 서점에서 불어로 불어로 번역된 그 나라 시인의 시집을 한 권 샀다. 마츠라브(Machrab)라는 시인의 시집을 하미드 이스마일로브(Hamid Ismailov)라는 사람이 번역했고, 제목은 《불타오르는 방랑자, 수피 수도사의 일화와 시편(Le vagabond flamboyant, anedotes et po mes soufis 〔Paris: Galli-mard, 1993〕)》이라고 하는 것이다. 그 책을 펼치자 시인의 놀라운 사상을 넘어선 시가 나를 사로잡았다.

책 서두에서 소개한 내용을 보자.

마츠라브(1657-1711)는 장님이며 글을 몰랐다고 했다. 평생 방랑인으로 살아가면서 내심의 각성을 읊은 노래가 많은 기이한 이야기와 함께 전승되면서 커다란 반응을 얻다가, 19세기에 이르러서 비로소 청작되었다. 그는 기존의 관습을 부인하고 진실을 스스로 찾아내는 파격적인 작업을 하다가 이슬람교를 배반했다는 죄명으로 처형되었다.

작품이 어떠한지 한 편을 들어보자. 마츠라브의 행적에 관한 이야기를 먼저 하고, 지은 노래를 소개했다.

마츠라브는 어느 날 큰 호숫가 축제 장소에 이르렀다. 옷을 벗고 물 속에 들어갔다. 모든 사람이 보는 데서 물에 빠지더니 자취가 없어졌다. 목격자들은 어머니에게 달려가서 마츠라브가 호수 속으로 사라졌다고 했다. 어머니는 "가여운 녀석" 하고 외치고, 호숫가로 울면서 갔다. "내 눈의 빛인 아들아, 나는 너를 이렇게 키우지 않았다……!"

그러자 물 속에서 마츠라브는 이런 시를 읊었다.

나는 미치광이 방외인(方外人), 초원에도 사막에도 머무를 곳이 없다.
내 마음은 이 세상 어디에도 자기 자리가 없어 급류로 흘러가는 빛나는 강이다.

나에게 삶의 규칙, 삶의 방도, 삶의 진리가 있다.
나는 술탄처럼 강력하지만, 천상에도 머무를 곳이 없다.

아브라함은 나의 지팡이이고, 넴로드의 불꽃은 나의 사다리이다.
나는 진실의 진주이지만, 그 흐름에도 머무를 곳이 없다.

〔……〕

나는 가여운 사람, 노예 신세인 마츠라브
나는 이 세상에도 저 세상에도 머무를 곳이 없다.
때로는 러시아인, 때로는 체르케스인, 때로는 무슬림인
나는 왜 고집을 부리겠는가, '라'와 '엘' 사이에도 머무를 곳이 없다.

나는 가여운 사람, 노예 신세인 마츠라브
나는 이 세상에도 저 세상에도 머무를 곳이 없다.

특별한 말이 몇 개 등장해서 주해를 참고할 필요가 있다. "아브
라함은 나의 지팡이이고, 넴로드의 불꽃은 나의 사다리이다"라고
하는 데서는, "넴로드가 아브라함을 불 속에 넣었다"고 하는 이슬
람의 신화를 가져와서 그런 시련을 겪는 길을 가겠다고 했다. "나
는 카바로 가지 않는다"고 한 것은 이슬람교의 발상지 메카에 있는
가바의 신전을 두고 한 말이다. 거기 검은 돌이 있다. '체르케스
인'은 코카사스 지방의 주민이다. '라'와 '엘'은 무슬림의 기도문
첫 머리에 오는 두 단어이다.

　그런 말은 당시 사람들에게 널리 알려져 있기 때문에 사용했을
따름이고, 교리 설명을 새삼스럽게 하려고 한 것은 아니다. 그런
말을 몰라도 이 시를 이해할 수 있다. 어디에 가도 "머무를 곳이
없다"고 시에서 되풀이해서 말했는데, 우리가 어떤 교리나 지식에

머무르려고 하면 뜻하는 바를 알지 못한다. 모든 집착을 버려야 한다는 것이 시 전체에서 말하고자 하는 바이다.

자기 자신은 정체불명의 방랑자라고 했다. 노예이기도 하고, 걸인이기도 하고 수도사이기도 하고, 제왕이기도 하지만, 그 어느 것도 아니라고 했다. 러시아인이기도 하고, 체르케스인이기도 하고, 무슬림인이기도 하는 융통성을 가지고 어디든지 가지만 그 어느 곳에도 머무를 곳이 없다고 했다. 사회 생활에 요구되는 예의도덕, 이슬람의 사원이나 교리에도 머무르지 않고, 최후의 심판에도 구애되지 않는다고 했다.

자기가 누구라고 하는 생각을 버리고, 어디 소속된다는 편견을 없앨 뿐만 아니라 진리라고 하는 것에도 집착하지 않아야 하는 융통자재한 정신을 가지겠다고 했다. 자기는 정체불명의 방랑자여서 그럴 수 있을 뿐만 아니라 또한 "급류로 흘러가는 빛나는 강"이라고 했다. '강'은 '미친 짓'이니 '불꽃'이니 하는 것과 같은 의미를 상이한 형상으로 갖추어 나타냈다. 강은 흘러가므로 진리를 지향점으로 해서 흘러간다고 할 수 있다.

마츠라브는 방랑자가 되고, 미친 짓을 하고, 불꽃으로 사다리를 삼듯이 물 속에 뛰어들었다. 그 어느 쪽이든지 이해할 수 없는 일이어서 시비가 생길 수 있다. 서두에 소개한 일화에서 호수에 뛰어들었다고 하는 것이 그런 말이다. 모르는 사람들이 보기에 마츠라브는 남들은 축제를 즐기는데 혼자 엉뚱한 짓을 하고, 흐르는 강이 아닌 흐르지 않는 호수에 뛰어들었으며, 목숨이 위태롭다고 생각해서 이 세상으로 되돌리는 가장 확실한 방법을 찾아 어머니에게 알렸다. 그런 오해에 대한 대답이 시 전문이다.

마츠라브는 뚜렷한 목표를 정한다든가 무엇을 위해 정진한다든가 하는 것이 사고를 경직되게 하고, 편견의 원인이 된다고 비판하고, 이슬람 신앙에서도 벗어나야 한다고 했다. 진리에 대한 집착을 넘어서고, 종교나 국가의 소속을 떠나 진정으로 자유로운 인간이 되자는 것이었다. 그렇게 파격적인 사상은 철학논설을 써서 전개할 수 없고, 장시로 나타낼 수 없었다. 그랬다가는 박해를 재촉해 일찍 처형되었을 터이니 신중한 태도를 지녀 다행이라고 하는 것만은 아니다.

문제는 죽고 사는 데 있지 않고, 말하지 못하는가 말하는가 하는 데 있었다. 자기가 무엇을 깨달았는지 스스로 설명해서 이론을 구성하는 것이 가능하지 않았다. 방랑을 하고 다니는 장님 광대가 온몸으로 얻은 바가 무엇인가 상징적인 표현을 자유롭게 하는 노래로 옮겨야 알려 줄 수 있었다. 그런 노래가 구전되는 동안에 이야기 부분이 추가되어 세상을 바꾸어 놓는 구실이 확대되었다. 서정과 서사의 파격적인 합작으로 새로운 천지를 더 넓게 열었다.

청년시절의 낭만주의자

―H.W. 롱펠로의 〈화살과 노래〉

순수함과 낭만이 있는 시 한 편이
필자 자신에게도 또 나를 도와 따라 주던
나이 오십이 넘은 각 지역 대표 의사들에게도
꼭 새로운 도전과 용기를 줄 것 같았다.

윤방부 (연세대 교수·세브란스 병원 가정의학과장)

1943년 충남 예산에서 출생, 67년 연세대 의과대학 및 동 대학원에서 의학박사 학위를 취득하였다. 대한가정의학회 창
설자 및 초대 이사장과 세계가정의학회 부회장 등을 역임한 바 있으며, 현재 연세대 의과대학 교수 및 세브란스 병원 가
정의학과장 등으로 재직중이다. 저서로는 《가정의학》, 《오래삽시다》, 《임상가정의학》, 《아빠건강 우리집건강》, 《윤방부
교수의 긴급건강진단》 등 다수가 있다.

H. W. 롱펠로의 〈화살과 노래〉

나는 허공을 향하여 화살을 하나 날렸네.
그 화살은 어느 곳엔가 떨어졌지만, 나는 어디인지 몰랐네.
너무나 빨리 나는 그 화살이었기에,
아무도 그것을 따를 수 없었기에.

나는 허공을 향하여 노래를 하나 불렀네.
그 노래는 어느 곳엔가 내려앉았지만, 나는 어디인지 몰랐네.
너무도 빨리 나는 그 노래를
과연 그 누가 따라갈 수 있단 말인가?

그후 오래오래된 후에, 나는 어떤 참나무에 박혀 있는 화살을 찾아내었네.
화살은 부러지지도 않은 채로 박혀 있었네.
그리고 나는 나의 노래도 찾아냈다네.
그 노래는 처음부터 끝까지, 나의 사랑하는 친구의 가슴속에 있었다네.

H. W. Longfellow, 〈The Arrow and The Song〉

I shot an arrow into the air,
It fell to earth, I knew not where ;
For, so swiftly it flew, the sight
Could not follow it in its flight.

I breathed a song into the air,
It fell to earth, I knew not where ;
For who has sight so keen and strong,
That it can follow the flight of song?

Long, long afterward, in an oak
I found the arrow, still unbroke ;
And the song, from beginning to end,
I found again in the heart of a friend.

청년시절의 낭만주의자

지금은 모든 것이 기억조차 희미한 국민학교 4학년 때였다. 나는 피난 가서 고향인 충남 예산에 살고 있었고, 읍내에 있는 감리교회에 다니고 있었다. 하루는 주일학교 반사 선생님이 부산의 범일동 교회와 편지를 주고받는 시체말로 펜팔을 할 테니, 각자 편지를 써서 해당자에게 편지를 보내라는 것이다. 편지를 전혀 써 보지 못한 어린 나이에 나는 당시 발간되는 잡지 속의 시를 베껴서 상대방에게 보냈다.

얼마 후 주일학교의 반사 선생님이 세훈(본인의 아명)이는 연애편지를 보냈다고 하시며 웃는 것이었다. 그 당시 어린 나이에 얼굴이 화끈거렸던 기억을 지금도 잊을 수 없다. 지금 그 내용은 생각나지 않지만 아마도 연애나 사랑 등을 읊은 시를 베껴 보냈던 것으로 생각된다.

중고등학교에 진학하면서 내가 사는 세상은 넓어졌다. 지금 생각해 보면 큰 축복을 받은 것 같다. 경희궁 터에 자리잡은 넓은 캠퍼스, 또 인생의 기본 틀을 만드는 데 최고이셨던 스승들, 그리고 친구와 선후배들……. 말 그대로 내가 다닌 서울중고등학교는 환상적인 곳이었다. 온갖 자연의 아름다움, 희망, 꿈, 용기를 배울 수 있었고, 인생에 대한 자존심과 자신감을 기를 수 있었다. 특히 고등학교 시절 은사들의 면면에서 시와 소설과 낭만을 만끽할 수 있었다. 특히 유명한 시인 조병화 선생님, 소설가 김광식 선생님 등등……. 그리고 독일어 시간의 하이네 시 낭송…….

의과대학에 진학해서는 한참 젊을 때라 연애를 하게 되었고, 지금의 아내와 주고받았던 마치 한 편의 시 같았던 편지들 속에서 인생을 아는 철학자인 것처럼 설파하기도 하고, 또 인간에 대하여 사랑에 대하여 우정에 대하여 뭐 좀 아는 것처럼 읊조리고 다녔다.

1967년에 의과대학을 졸업하고 나서는 '의사'라는 전문인으로서의 거듭되는 공부와 시험, 미국 유학, 학위 취득 등으로 생활인으로, 전문직업인으로서의 삶에 푹 빠지다 보니 사색과 명상은 뒷전이었다. 단지 최희준의 〈하숙생〉, 양희은의 〈아침이슬〉 등과 같은 가수들의 노랫말 정도나 접촉이 있었을 뿐…….

1974년 미국 유학길에 올랐다. 더구나 이후로는 그나마 듣던 유행가의 가사조차 내 귓가에서 사라졌고 가끔 미국 가수들의 노래 속의 노랫말이 귓가에 와 닿았을 뿐이었다. 오직 전문의가 되기 위한 단세포적인 삶, 즉 먹고 틈나면 자고, 환자 진료하고 가끔 틈나면 운동하고, 아이들과 놀고, 혹 경제적으로 여유가 생기면 가족들을 차에 태우고 멀리 휴가를 가는 삶이 전부였다.

1976년쯤으로 기억한다. 미국 신문에 모택동이 사망하면서 미국의 옐로우 스톤(yellow stone) 공원을 보지 못한 게 섭섭하다 하였다는 말을 듣고, 9월 말에서 10월 초쯤으로 기억하는데, 내가 살던 미네소타 주를 출발하여 이틀 후에 옐로우 스톤에 도착하였다. 마침 거의 시즌이 마감되는 때라서 예약도 없이 갔다. 도착하니 밤이 되어 묵을 곳을 찾았으나 모든 숙박시설이 꽉 차서 일단 빈 방이 있다는 멀리 떨어진 호텔을 찾아서 산을 넘어가기로 하였다.

밤중에 산을 넘어 운전하고 간다는 것 자체도 힘든데, 아내와 아이들은 좀 쉬면서 가면 좋겠다 했다. 일단 산의 정상 부근에 차를 세우고 주위를 보니 '그랜드 캐년'이란 팻말이 놓여 있었다. 그곳을 향해 가 보기로 하고 걸어가니 주위에서 이상한 바람소리가 들렸다. 꼭 계곡에 물 흐르는 소리 같았다. 더 가까이 가서 자세히 보니 장관의 '그랜드 캐년'이 아닌가! 산꼭대기에 아름다운 달빛이 비추는 계곡, 그곳에 그야말고 장엄한 자연이 펼쳐지고 있었다. 갑자기 눈앞에 펼쳐진 대자연의 위대함, 장엄함에 나는 넋을 잃었고, 나도 모르게 그 자리에 동상처럼 서 있었다. 그리고 말 그대로 개미보다 작게 느껴지던 내 존재!

다시 정신을 가다듬고 얼마 후 산을 내려와 캐빈(통나무집)에 묵고 옐로우 스톤 여행을 끝냈다. 돌아오면서 나 자신이 옐로우 스톤 여행중 그랜드 캐년에서 마음속 깊이 받은 감회를 시로 남기고 싶었다. 그러나 수차례 시도했으나 불가능이었다(고등학교 때는 그렇게도 잘 썼는데). 생각해 보면 너무나 기계적으로 살아온 세월들에

결국 내 마음과 감정을 표현할 능력을 잃었기 때문이었다. 그후 시를 쓰는 것을 포기하고 읽고 느끼며 또 시 속의 마음을 내 마음속에 담는 것으로 만족하기로 했다.

1978년 미국 유학에서 돌아와 우리나라에 '가정의학'이라는 전문과목을 도입하는 역할을 해야 했다. 의학의 전문분야는 단과 전문으로 나뉘고, 또 이것이 더 세분되어 최고의 기술적 수준이 되었다. 그러나 의학의 주체인 인간을 소홀히 하고 질병 자체만을 중시하게 되었고, 또 의료비도 비싸지고 본의 아니게 인간을 기계의 부속품을 따로 떼듯이 인체를 조각내어 세분화하는 의료가 최고의 의료로 회자되었다. 따라서 잃어버린 인간을 되찾는 소위 인간적인 의료, 질병과 인체의 한 부분보다 전체를 보자는 운동의 결과로 '나이에 상관 없이, 성별에 관계 없이, 질병 종류에 구애 없이 지속적이고 포괄적인 인간적 의료를 제공하는 학문'이 가정의학이라는 전문분야다.

보수적인 의료분야에 이런 새로운 전문분야를 도입하여 접목시킨다는 것은 정말 쉽지 않았다. 너무나 반대가 심해서 가정의학이라는 학문 도입을 거의 포기하기도 하고 또 필자를 따라 도와 주던 개업의사들도 너무 힘들고 전망도 안 보이니 하나둘 떨어져 나갔다. 특히 그들은 가정의학이라는 학문 도입을 위한 노력이 의료계에서 반대가 심하고 진척도 안 되니 시쳇말로 소리 없는 메아리,

물 빠진 독에 물 붓기라고 자조하고 있었다.

전국의 50여 명의 대표들과 기차를 타고 대책을 숙의하기 위하여 유성으로 내려갔다. 필자는 무슨 말로 이들에게 용기를 주고 다시 일어서서 '가정의학운동'에 동참시킬까 생각하다가, 나이가 오십이 넘은 그들이지만 아직도 남아 있는 순수함과 열정을 참작하여 딱딱함과 긴장이 없고 편안함 속에서 잊었던 것을 다시 떠올릴 수 있는 '시'를 전해 주기로 했다.

필자 자신도 유치하다는 생각이 들기도 했지만, 순수함과 낭만이 있는 시 한 편이 필자 자신에게도, 또 나를 도와 따라 주던 나이 오십이 넘은 각 지역 대표 의사들에게도 꼭 새로운 도전과 용기를 줄 것 같았다. 이때 그들과 같이 읽고 또 읊으며 청년시절의 낭만주의자로 돌아가게 한 시가 바로 롱펠로의 〈화살과 노래(The Arrow and The Song)〉였다. 이 시의 덕인지는 몰라도 그후 우리는 더욱 단결하고 합심하여 가정의학이라는 전문과목을 우리나라 의료에 접목할 수 있었다.

아이가 잡고 있는
부모의 문고리
─ 윤제림의 《한동안 그럴 것이다》

내리사랑에는 이유가 없다.
더구나 아기들의 경우라면 더 말할 나위가 없다.
아기는 무조건 천사니까…….

이인구(카피라이터 · 서울예대 교수)

동국대 국문과를 졸업하고 방송작가로 활동하다가 69년 코카콜라 광고를 시작으로 합동통신사 광고기획실 부국장, 오리콤 제작국장을 거치며 광고 크리에이터로서 자리를 굳혔다. 서울카피라이터즈클럽 회장, 대한민국광고대상 심사위원, 공익광고 심사위원, 종합유선방송 심의위원, 《국정신문》 자문위원 등을 역임했고, 현재 한국문인협회 회원이며, 서울예대 광고창작과 교수로 재직중이다. 광고인 공로상과 작품상을 여러 차례 수상한 바 있으며, 저서로는 《카피라이터 이인구가 본 세상》, 《김 펠리치다 우리 어머니 우리 할머니》 등이 있다.

윤제림의 〈한동안 그럴 것이다〉

한 젊은 부부가, 이제 막 걸음마를
배운 아이를
  공원에 데리고 와서 사진을 찍는다.
그네 위에
  걸터앉혀 놓고 이리 찍고 저리 찍고,
필름 한 통을 다 찍는다.
  한동안 저럴 것이다.

  저러다가 어느 날, 언제부터인가
  사진 찍는 것을 잊어버린 자신들을
발견하곤,
  잠시 놀라지만,
  이내 잊어버린다.

아이가 자신들의 가슴속에
푸욱 들어와 있다고 믿기 때문이다.

아이는 한동안 부모의 가슴에 갇혀
자란다.
  그러다가 어느날,
  아이는 부모의 가슴에 난 작은 틈을
찾아내
  문을 낸다. 문을 열고 세상으로 나
간다.
  그 문으로 사랑하는 사람을 데리고
온다.

  또 어느 날엔, 이제 막 걸음마를 배
우는 아이 하날
  양손에 붙들고 와서 저렇게 사진을
찍는다.
  필름 한 통을 다 찍는다.
  한동안 그럴 것이다.

아이가 잡고 있는 부모의 문고리

　내 딸이 딸을 낳았다. 어느덧 나도 할아버지가 된 것이다.
　내 나이로 보나 친구들의 경우로 보나, 실은 지각 할아버지임이
분명함에도 어인 일일까, 내가 벌써 할아버지 소릴 듣게 되었다는
사실에 스스로 놀라고 있는 것이다. 세월탓이다. 세월의 덧없음을
새삼 실감하기 때문이다.
　늙는다는 것은 그런 것이다. 늙기를 원하는 사람이 있을 수 없듯
이 늙었다는 걸 스스로 인정하고 싶은 사람도 없을 것이다. 그럼에
도 불구하고 이상한 일이다. 그만한 나이가 되면 너나없이 손자를
기다리게 된다. 없으면 기다리고, 있으면 자랑이다.
　자랑도 정도를 넘는 게 보통이다. 내 아내도 친구들 모임에만 다
녀오면 그 소리였다. 온통 손자 자랑들뿐이어서 나중엔 듣기조차
역겹더라는 것이다. 그래서 자기 손자 자랑할 때마다 만 원씩 벌금
을 내기로 정했단다. 그랬더니 처음부터 아예 몇만 원을 꺼내 놓고
자랑을 시작하는 친구가 있었다던가.
　그렇게 흉을 보던 아내였다. 그랬던 사람이 첫손녀를 보더니만
별수없이 자기가 흉을 보던 친구들을 닮아 가고 있는 것이다. 전화
를 붙들면 손녀딸 자랑이다. 남의 손자 자랑은 재미가 없지만 내
손자 자랑은 신명이 나는 법이다. 그러나 잘 생각해 보면 그것은

아이가 잡고 있는
부모의 문고리

155

자랑이기보다는 사랑이다. 사랑이 넘치다 보니 표현이 그렇게 될 뿐이다.

내리사랑에는 이유가 없다. 더구나 사랑을 받는 대상이 어린아이인 경우라면 더 말할 나위가 없다. 아기는 무조건 천사니까⋯⋯.

몸조리를 하러 딸이 집에 와 있는 동안도 그랬다. 온 식구가 아기한테 매달린다. 울면 울어서 웃으면 웃어서 앞다투어 안아 주기 바쁘다. 에미나 할미야 그렇다치고 아기의 이모나 삼촌도 그 야단들이다. 들며 날며 "지수야, 지수야" 하며 알아듣지도 못하는 아기의 이름을 수도 없이 불러댄다. 뿐만이 아니다. 아직 목도 가누지 못하는 어린것을 이리저리 옮겨 가며 이렇게 저렇게 기대 놓고 사진을 찍어댄다. 수도 없이 찍어댄다.

막내녀석은 원래 뚝자배기였다. 그 뚝자배기한테도 저런 면이 있었나 싶게 곰살맞을 만큼 아기를 찬찬히 보살필 줄도 안다. 외삼촌이 된 것이 그렇게도 좋았을까. 자기 핸드폰에도 '지수외삼촌'이란 사인까지 해놓았다니 웃음이 절로 난다.

헌데 언제까지가 될까. 언제까지 저애한테 저렇게 매달릴 수가 있을까. 미운 일곱 살이라던가. 아마도 그때까지 한동안은 저럴 것이다.

이번에 에미가 된 딸은 둘째딸이다. 쌍둥이 중에 둘째다. 첫째보다 시집을 먼저 갔기 때문에 아기도 먼저 낳았다. 몇십 년 동안 아기가 없던 집안에 아기가 생겼으니 그 야단일 수밖에 없다. 지금은 에미가 되었지만 그애들이 처음 태어났을 때도 그랬다.

우리 4남매 중에 누님은 일찍부터 수녀가 됐고, 바로 밑에 동생(이해인)도 수도원으로 떠난 뒤여서 막내 누이동생과 내가 홀어머니를 모시고 있었다. 그랬던 터라 우리 집안은 그야말로 성당처럼 조용하기만 했다. 그 세월 동안 그렇게 조용하기만 했던 우리 집안에 모처럼 아기가 생겼으니, 그것도 한꺼번에 둘씩이나 생겼으니 오죽이나 했겠는가.

그때는 모두가 어렵게 살던 시절이라 여러 가지로 고생이 많았어도, 쌍고동 같은 울음소리가 꽤나 시끄러워도, 그래도 사람 사는 집 같이 그게 좋았다. 고생을 고생인 줄 모르고 아이들 키우는 재미에 매달릴 수 있었다. 조금만 보채도 하나씩 들쳐 업었고 기침만 조금 해도 병원으로 달려갔다. 그렇게 키운 아이들이 어느덧 어른이 돼서 시집을 갔고 아기 엄마가 되었다. 이제 아기를 안고 있는 딸의 모습에서 나는 수십 년 전 바로 그 딸을 안고 있던 아내의 모습을 본다.

세월은 가는 것이 아니라 그냥 돌고만 있는 게 아닌가 싶은 이 대목에 이르면, 앞에 소개한 윤제림의 시가 저절로 떠오르게 된다.

이 시는 또, 60년대 초 신춘문예에 응모했다가 실패는 했지만 마치 그때 내가 썼던 소설의 요약 같다는 생각이 들 만큼 그때의 내 이야기와 자락을 같이하고 있다는 점에서 내겐 특히 남다른 감회마저 불러 주고 있는 것이다. 소설 제목도 〈회전의 의미〉였던 걸로 기억된다.

〈한동안 그럴 것이다〉라는 이 시는 부모들의 집착과 체념의 한계를 자연스럽게 노출시키고 있다. 그러면서 부모 가슴에 한동안 갇혀 있다가 그 가슴의 문고리를 스스로 열고 나갈 수밖에 없는 성장의 의미를 억겁을 두고 반복해 오는 인류의 질서와 더불어 담담하게 설명하고 있는 것이다.

이 시가 아니더라도 나는 윤제림의 시를 좋아한다. 한참 후배이긴 하지만 주위 사람들로부터 나하고 닮은 데가 많다는 소릴 자주 들어서일까. 아니면 정말로 속까지 닮아서일까. 그의 시에는 내 목소리가 섞여 있는 것 같은 착각마저 들 때가 있기 때문이다. 그중에서도 이 시가 더 그렇다. 그 이유를 굳이 조목조목 짚어서 주석까지 붙일 필요가 있겠는가. 지금 쓰고 있는 이 글 자체가 어차피 그의 시가 이미 이야기해 놓은 구절구절에 대한 산문적 뒷북에 다름아닌 것을.

흐르는 물의 겸손과 지혜

— 노자(老子)의 《상선약수(上善若水)》

왜 최고의 선이 물이라고 했는가.
만물을 이롭게 하면서도 생색을 내거나
자랑을 하지 않는 마음,
그것은 부처나 하나님의 마음이다.

유승우(시인 · 이천시장)

1976년 고려대 문과대학을 졸업하고, 77년 행정고등고시에 합격하였다. 78년 이천군청 수습 행정사무관을 시작으로 춘천 · 수원 세무서와 재무부, 상공부를 거쳐 91년 대통령 사정비서실 과장 등을 역임하고 94년 이천군수로 임명되었다. 96년 이천 초대 민선시장으로 당선되었으며, 현재 이천 제2대 민선 시장으로 재임중이다. 96년 제1회 경인우수기초단체장 문화예술 부문상과 98년 문예사조 수필 부문 신인상을 수상한 바 있다. 저서로는 《흐르는 물처럼》의 수상시집과 수필집 《큰바위얼굴》 등이 있다.

노자(老子)의 〈상선약수(上善若水)〉

상선약수(上善若水)이니 수선이만물이부쟁(水善利萬物而不爭)하고
처중인지소오(處衆人之所惡)함에 고기어도(故幾於道)라
강해소이능위백곡왕자(江海所以能爲百谷王者)는 이기선하지(以其善下之)이며
천하막유약어수(天下莫柔弱於水)지만 이공견강자(而攻堅强者)이니라.

이 세상 최고의 선(善)은 물과 같네
물은 언제나 만물을 이롭게 하건만
자기의 공(功)이라 내세우지 않고
뭇사람 싫어하는 곳도 즐거이 임하나니
아, 이것은 궁극의 도(道)에 가깝다 하겠네
강과 바다가 모든 골짜기의 왕이 되는 까닭도
그 임(臨)하는 자리가 낮기 때문이며
천하에 물보다 더 부드럽고 약한 것이 없지만
바위같이 굳고 강한 것을 뚫을 수도 있다네.

—《도덕경》 제8장, 제66장, 제78장에서

흐르는 물의 겸손과 지혜

　나는 2년 전에 졸저인 《흐르는 물처럼》이란 수상시집을 내놓은 적이 있다. 이 책의 내용은 지천명(知天命)에 달하는 인생을 살아오면서 나의 인생관을 담은 글과 특히 지방자치단체장인 시장으로서 이천시의 시정(市政)을 수행하면서 느낀 점, 우리 지역의 산수를 노래한 글모음들이다. 내가 이 책의 제목으로 《흐르는 물처럼》을 택하게 된 동기는 대학시절에 감명 깊게 읽었던 노자의 《도덕경(道德經)》에 연유하고 있다.

　총 81장 5,000여 글자로 된 이 경전은 하나의 철학시와도 같은 것으로 나에게 너무도 큰 충격을 주었다. 노자와 장자로 연결되는 노장철학은 공자와 맹자로 이어지는 공맹철학과 곧잘 대비되기도 하지만, 후자가 '인도(人道)'라면 전자는 '천도(天道)'를 밝히는 철학으로 성격이 구별되고 있다.

　나는 군대 3년 간을 육군에서 근무하다 병장으로 제대한 후, 복학하여 자취를 하면서 고시공부를 병행한 적이 있다. 그 당시는 대학가에서 유신체제를 반대하던 학생시위가 절정에 달했던 시기로, 계엄령과 위수령이 선포되고 대학 교문이 자주 닫히던 암울한 시기였다.

그때 나는 노장철학을 신청하여 수강할 수 있었는데, 내 인생관을 형성하는 데 큰 도움을 주었다고 생각한다. 특히 유신철폐 운동에 앞장섰던 함석헌 선생의 노장철학 강의는 장안에서 큰 인기를 불러모아, 틈틈이 시간을 내어 사사(師事)할 수 있는 기회를 갖게 됨으로써 심오한 노장철학의 윤곽이라도 접할 수 있게 된 것은 내 생애의 큰 영광이 아닐 수 없다.

나는 문고판의 핸드북 단행본 《노자 도덕경》을 항상 가방에 넣고 다니면서 딱딱한 고시 과목의 공부를 하다가도 휴식시간에 꺼내어 좋아하는 문구를 읽어 보곤 했던 기억이 난다. 특히 노자가 물의 속성을 도(道)에 가깝다고 찬양하는 대목은 큰 위로와 힘을 주는 영양소의 역할을 했다고 생각한다.

지금까지 공직자로서 20여 년을 살아오면서 나는 '물'을 통해서 많은 지혜를 터득해야 한다고 믿는다. 왜 최고의 선이 물이라고 했는가. 만물을 이롭게 하면서도 생색을 내거나 자랑을 하지 않는 마음, 이것은 부처나 하느님의 마음이다. 이것은 무한정의 봉사를 요구받는 공직자가 가져야 할 자세이기도 하다. 또한 천하고 더러운 곳에도 차별하지 않고 임하는 물은 평등사상과 공정한 기회를 부여하는 민주사상의 표상 아닌가. 이것 역시 공인이 가져야 하는 귀중한 덕목이다.

항상 낮은 데로만 찾아가는 물, 이는 겸손의 극치이니 결국은 모든 골짜기의 왕이 되는 바다를 이루지 않던가. 이보다 더 큰 지혜를 말함이 어디 있겠는가. 그러나 우리는 이 교훈과는 정반대의 착각 속에 살고 있는 듯하다. 그것은 바로 멸망에 이르는 길인 줄을 모르기 때문이다.

나는 특히 물의 인내성을 찬양하고 싶다. 수적석천(水滴石穿)이란 말이 있다. 물방울 하나의 힘은 약할지 몰라도 계속 한 곳을 두드릴 때에는 돌을 뚫을 수 있다는 지혜이다. 그래서 노자는 말하길 "천하에 물보다 더 약한 것은 없다. 그러나 바위와 같은 굳고 강한 것을 공격한다"고 했다. 노자의 위대함을 여기에서도 엿볼 수 있으니 약한 듯하면서도 강함, 이는 조화의 철학이기도 하다.

나는 가끔 어머니의 위대함이 이 물의 속성과 같다고 생각할 적이 많다. 어머니의 부드러움과 강인함은 바로 도를 체현하는 경지에 있다고 보기 때문이다.

나는 학문을 접하면서 《도덕경》을 접할 수 있게 된 것을 항상 감사히 생각한다. 조그만 성공을 할 때나 실의에 빠졌을 때 언제나 겸손함을 가르쳐 주고 용기를 주기 때문이다. 앞으로도 이 가르침에 충실하고자 한다.

로이야, 로이야

—김명인의 〈베트남 1〉

나는 아직도 글은 절박해야 한다고 믿는 사람이다.
가끔 글이 성가실 때, 글로 밥 먹는 게
배부를 때 김명인의 시는 나를 부끄럽게 한다.

노희경(방송작가)

1966년 경남 함양에서 출생하여 서울예전 문예창작과를 졸업했다. 95년 MBC 드라마 극본 공모에 〈세리와 수지〉가 당선되어 방송작가로 데뷔하였다. 이후 MBC 창사 특집 4부작 〈세상에서 가장 아름다운 이별〉, 수목 드라마 〈내가 사는 이유〉, 〈우리가 정말 사랑했을까〉, KBS 미니시리즈 〈거짓말〉 등을 집필하였다.

김명인의 〈베트남 1〉

먼지를 일으키며 차가 떠났다, 로이
너는 달려오다 엎어지고
두고두고 포성에 뒤집히던 산천도 끝없이
따라오며 먼지 속에 파묻혔다 오오래
떨칠 수 없는 나라의 여자, 로이
너는 거기까지 따라와 벌거벗던 내 누이

로이, 월남군 포병 대위의 제3부인
남편은 출정중이고 전쟁은
죽은 전남편이 선생이었던 국민학교에까지 밀어닥쳐
그 마당에 천막을 치고 레이션 박스
속에서도 가랭이 벌려 놓으면
주신 몸은 팔고 팔아도 하나님 차지는 남는다고 웃던

로이, 너는 잘 먹지도 입지도 못하였지만
깡마른 네 몸뚱아리 어디에 꿈꾸는 살을 숨겨
찢어진 천막 틈새로 꺾인 깃대 끝으로
다친 손가락 가만히 들어올려 올라가 걸리는 푸른 하늘을

가리키기도 하였다 행복한가고

네가 물어서

생각하면 나도 행복했을 시절이 있었던 것 같았다

잊어야 할 것들 정작 잊히지 않는 땅 끝으로 끌려가며

나는 예사로운 일에조차 앞날 흐려 어두운데

뻑뻑한 눈 비비고 또 볼수록, 로이

적실 것 더 없는 세상 너는 부질없어도 비 되어 내리는지

우리가 함께 맨살인데 몸 섞지 않고서야 그 무슨

우연으로 널 다시 만날 수 있겠느냐

로이, 만난대서 널 껴안을 수 있겠느냐

로이야, 로이야

　　내가 김명인의 시집 《동두천》을 처음 손에 넣은 것은 스무 살 무렵, 백마(白馬)에서였다. 당시, 철길을 사이에 두고 설촌(雪村)과 냉촌(冷村)으로 나뉘어 있던 백마는 가난한 젊은 문학도들의 은신처 같은 곳이었다. 나는 그곳에서 보증금 없이 월세 3만 원에 한 달을 기숙하고, 깔끔한 배추단을 사들이는 대신 노지에 나가 파지 배추를 주워다 고춧가루와 갖은 양념 마다하고 2백 원짜리 고추장에 버무려 한 달 간의 찬거리를 준비했었다. 가구라곤 누군가가 주워다 준 사과상자 하나가 전부였다. 십사오 년 전의 일이다.

　　나는 이제 그때를 잘 기억해 내지 못한다. 시간이 흘러서, 그 때문은 아니다. 아마도 잊고 싶었나 보다. 정말로 기억나지 않는다. 그래도 잊혀지지 않고 기억나는 것, 그곳에서 김명인의 시집 《동두천》을 만났을 때다.

　　허름한 창고 같은 술집에서 나는 처음 김명인의 시집 《동두천》을 만났다. 그의 시는 시집으로서가 아닌 한 선배의 음울한 목소리로 내게 전해졌다. 〈동두천 1, 2, 3〉 그리고 〈베트남 1, 2〉 다시 〈켄터키의 집〉으로 이어지던 선배의 낭송은 술 한 모금 하지 못해 절대로 몽롱해지지 않던 내 신경을 더욱 예민하게 했다. 밤과 새벽 사이까지 이어지던 그 술자리에서 나는 사마귀처럼 탁자 밑에서 두

발을 쳐든 채 극도로 날카로워져 있었다. 그리고 그 길로 그곳을 떠났다.

떠나서 돌아간 곳은 집이 아닌 남산 아랫마을 해방촌의 한 공장이었다. 뚱뚱한 체구에 기름진 얼굴을 가진 사장은 그 공장을 한사코 회사라고 불렀다. 회사명은 란빈(그 뜻은 그때나 이제나 모른다). 그때 그 공장을 찾아나선 나를 무어라 설명할까. 김명인의 표현을 빌어 말하면 잘라 버리고 싶은(그러나 잘려지지는 않는) 연민 때문이었다. 그 연민의 근거를 안 것은 한참이 지나서였다.

김명인의 시는 그때나 지금이나 읽으면 읽을수록 나를 못살게 자극한다. 왜인가? 정지용의 〈고향〉이나 김용택의 〈섬진강〉이나 서정주의 〈국화 옆에서〉가 나를 지극했다면, 나는 얼마나 좋았을까, 달콤하고 행복했을까. 김명인의 시에 머리를 박고 울던 날은 그런 바람을 안 가져 본 것도 아니다.

공장생활을 정리하고, 누가 봐도 번듯한 출판사를 다니면서도 나는 곧잘 나도 모르게 김명인의 《동두천》 시집을 꺼내 들었다. 그리고, 출판사 생활을 정리하고 방송작가로 활동하는 이 즈음에도 그리운 것이 있다면 그의 시다. 못난 머리를 두들기며 기억을 더듬어 보면, 데뷔작 〈세리와 수지〉를 쓸 때도, 첫 연속극 〈내가 사는 이유〉를 쓸 때도 난 그의 시를 읽었다. 그리고 애인과 "두 번 다시 보지 말자" 못박히는 말을 하고 헤어져 돌아오던 날도, 그 애인이

다른 애인으로 바뀌었을 때에도 난 그의 시를 읽었다. 왜인가?

첫 해외여행을 중국의 다통이란 시골마을로 갔을 때다. 그날은 날씨가 흐리고 먼지가 많았다. 가이드를 대신한 친구에게 물으니, 별난 것이 아니라 한다. 탄광지역의 바람이 많은 그곳에서 흰 것은 아무것도 없었다. 사람이며 해무리까지도 회색이었다. 우리 일행은 다통의 관광지인 원광석굴을 구경하고 버스에 올랐다. 버스를 탄 것은 순전히 치기였다. 이곳의 버스는 어떤가, 재미있을 것 같다, 하는 단순한 마음이었다. 그런데, 그곳 그 버스에서 난 못 볼 것을 보고 말았다.

오후 다섯 시쯤, 버스는 만원이었다. 네 시 반이면 회사나 공장의 근무가 모두 끝나는지라 버스 안은 퇴근하는 사람들로 북새통을 이룬 것이다. 그곳에서 난 스무 살이 채 안 된 것 같은 한 여자아이를 봤다. 흰 블라우스에 검정 플레어 스커트를 잘 다려 입고 분홍 연지에 웃음이 밝던, 그래서 그때까지만 해도 내 마음을 사뭇 푸근하게 하던 그 여자아이. 그러다 그 여자아이의 발을 봤는데, 우리가 흔히 말하는 흰 커버 양말을 신은 그 아이의 발(작은 비닐 구두에 억지로 들어가 있어서 불편해 보이는), 스판 고무줄은 낡아 끈기를 잃고 늘어지고, 왼쪽과 오른쪽은 흰색의 농도가 다른 짝짝이 양말을 신은 그 아이, 춤을 추러 가는 것이라 했다. 탄광에서 근무하던 고단함일랑 다 던져 버리고 일주일치 임금을 하룻밤에 다

써 버리려 홀에 간다고 했다. 나는 가슴이 철렁했다. 유년시절 처녀가 되고 싶던 나를 못 견디게 설레게 했던 스무 살 곱디고운 내 친언니처럼 철없이 춤이나 추러 간다고? 너, 누구냐?

그 아이는 언니처럼 나를 아프게 했다. 노동에 지쳐도 집으로는 돌아가기 싫은 그 마음을 나는 안다. 나는 정확히 그때 김명인의 시 속에 나오는 베트남의 로이가 90년대의 중국에서 70년대의 서울 그 한자락에서, 그리고 지금의 내 글 속의 어디에선가 윤회하고 있음을 보았다.

죽은 전남편이 선생이었던 국민학교에까지 밀어닥쳐
그 마당에 친막을 치고 레이션 박스
속에서도 가랭이 벌려 놓으면
주신 몸은 팔고 팔아도 하나님 차지는 남는다고 웃던

[……]

잊어야 할 것들 정작 잊히지 않는 땅 끝으로 끌려가며
나는 예사로운 일에조차 앞날 흐려 어두운데
뻑뻑한 눈 비비고 또 볼수록, 로이
적실 것 더 없는 세상 너는 부질없어도 비 되어 내리는지

우리가 함께 맨살인데 몸 섞지 않고서야 그 무슨

우연으로 널 다시 만날 수 있겠느냐

로이, 만난대서 널 껴안을 수 있겠느냐

몸을 팔 수밖에 없는 변명으로 마른 가랭이 벌리고 누워서도 웃던 로이는, 공장 노동에 지쳐도 춤판에서 생맥주를 마셔대던 내 언니와, 아무리 치장해도 발을 싸는 덮개 한치쯤엔 지난한 가난을 숨기지 못하고 드러내던 다통의, 처녀라고 부르기에도 뭣한 그 여자아이와 다르지 않다. 그리고 이제 와서, 내 글 속에서 자꾸 화려하게 변해 가는 여주인공과 다르지 않다.

나는 아직도 글은 절박해야 한다고 믿는 사람이다. 가끔 글이 성가실 때, 글로 밥 먹는 게 배부를 때 김명인의 시는 나를 부끄럽게 한다.

너, 여기저기 지천인 그 수많은 로이를 정말 다 잊었느냐? 그 로이를 시 속의 시인처럼 맨몸으로 안아 줄 수 없다면, 글은 써서 무엇해.

진정한 청춘의 의미
— 사무엘 울만의 《청춘》

인간이 의지와 상상력 그리고 정열을 가지고
매사를 대하며 영원히 청춘으로
살아갈 수 있다는 것은 얼마나 큰 축복인가.

윤병철(하나은행 회장)

1960년 부산대 법과대학을 졸업하고, 서울대와 고려대에서 최고경영자 과정을 수료했다. 60년 농업은행에 입행, 전국경영인연합회 조사과장을 거쳐 한국개발금융주식회사 이사장, 장기신용은행 상무이사 등을 거쳐 91년 하나은행장을 역임했으며, 현재 하나은행 회장으로 재임중이다. 96년 한국기업문화대상 대통령 표창과 97년 한국의 경영자상을 수상한 바 있다. 저서로는 《하나가 없으면 둘도 없다》가 있다.

사무엘 울만의 〈청춘〉

청춘이란 인생의 어떤 기간이 아니라 그 마음가짐이라네.
장밋빛 뺨, 붉은 입술, 유연한 무릎이 아니라
늠름한 의지, 빼어난 상상력, 불타는 정열,
삶의 깊은 데서 솟아나는 샘물의 신선함이라네.

청춘은 겁없는 용기, 안이함을 뿌리치는 모험심을 말하는 것이라네.
때로는 스무 살 청년에게서가 아니라 예순 살 노인에게서 청춘을 보듯이
나이를 먹어서 늙는 것이 아니라 이상을 잃어서 늘어 간다네.

세월의 흐름은 피부의 주름살을 늘리나
정열의 상실은 영혼의 주름살을 늘리고
고뇌, 공포, 실망은 우리를 좌절과 굴욕으로 몰아간다네.

예순이든, 열여섯이든 사람의 가슴속에는
경이로움에의 선망, 어린이 같은 미지에의 탐구심,
그리고 삶에의 즐거움이 있게 마련이네.

또한 너나 없이 우리 마음속에는 영감의 수신탑이 있어

사람으로부터든, 신으로부터든

아름다움, 희망, 희열, 용기, 힘의 전파를 받는 한

당신은 청춘이라네.

그러나 영감은 끊어지고

마음속에 싸늘한 냉소의 눈은 내리고,

비탄의 얼음이 덮여 올 때

스물의 한창 나이에도 늙어 버리나

영감의 안테나를 더 높이 세우고 희망의 전파를 끊임없이 잡는 한

여든의 노인도 청춘으로 죽을 수 있네.

진정한 청춘의 의미

　나는 어려서부터 책 읽기를 좋아했다. 시오리 산길을 혼자 통학하면서 무료함을 달래기 위하여 책을 읽기 시작한 것이 버릇처럼 되어 버렸다. 초등학교를 졸업하고 부산으로 진학했던 나는 6·25 전쟁이 나자마자 고향으로 내려와 다시 이 길을 따라 중고등학교 시절을 보내게 되었다.

　호수 같은 바다를 내려다보면서 산을 돌아 비스듬히 놓인 고갯길은 언제나 아름다웠다. 좋은 글은 호수에서 부는 바람처럼 언제나 나의 마음속에 깊은 감동을 불러일으켰다. 미소처럼 잔잔한 물결을 만들기도 하고 격정 같은 풍랑을 몰아오기도 했다. 내가 시를 좋아하는 것은 이런 감동 때문이다.

　읽을 만한 책들이 그렇게 많지 않았던 때라 그 당시 내 손에 들어오는 책은 거의가 소설이었다. 춘원을 비롯하여 심훈, 김래성, 정비석 등 국내 소설가들의 작품이 대부분이었고, 간간이 외국 소설의 번역 작품도 읽을 수 있는 기회가 있었다. 그때 읽었던《호반의 각시》가 준 신선한 느낌은 지금도 생생하다. 어린 시절에 우연히 내 손에 들어온 첫 시집은 소월의 것이었다.

　문학에 장르가 있다는 것도 모르고 다짜고짜로 읽었다. 읽을수록 가슴에 와 닿는 뭉클한 정감은 내가 느끼는 현실이 투영되어 더욱 절실해졌다. 〈가는 길〉, 〈산수갑산〉, 〈접동새〉, 〈산유화〉 등은 대처로 훌훌 떠나 버리고 싶은데도 산골에 묶여 있는 내 어린 마음을 그대로 표현해 주는 것 같아 읽고 또 읽었다. 올바르게 시를 감상하는 법을 알 리가 없었고, 그저 읽어서 마음에 우러나는 감동으로 시를 받아들였다.

미풍에도 흔들리는 잎새들처럼 유난히 감수성 많던 이 무렵에는 소월의 시뿐만 아니라, 영랑의 시도 무척이나 좋아했다. 〈끝없이 강물이 흐르네〉, 〈내 마음 아실 이〉, 〈모란이 피기까지〉를 읽으면서 나는 시인이 된 기분으로 현실에 대하여 울분하였다.

우리들의 마음이란 호수보다 좁고 물처럼 무심할 수가 없어 세월이 흐르고 환경이 바뀜에 따라 시가 주는 감동이 달라지는 것은 어쩔 수 없는 일이다.

목가적인 환경에서 내 좁은 세계를 서정시로써 충만케 했던 아름다운 시절은 대학에 진학하면서 끝이 났다. 현실에 쫓겨 살다 보니 정서는 메말라 버리고 마음의 여유를 갖고 시를 되돌아볼 겨를을 잊어버린 것이다. 틈틈이 읽는 시도 한용운의 〈님의 침묵〉이 더 좋았고, 청마의 〈깃발〉이 더욱 마음에 와 닿았다. 그렇게 세월의 흐름은 모든 것을 변하게 하였다. 같은 수위를 지나는 바람도 세월을 두고 오염된 수면(水面)에는 옛날 같은 물결을 일으키지 못하듯이.

80년대 초에는 내 주변에 여러 가지로 많은 변화가 일어났다. 세상이 바뀌면서 한창 일해야 할 많은 사람들이 자의반 타의반으로 직장에서 물러나 서성거리고 있었고, 건강 때문에 오랫동안 고생하던 나는 나이를 의식하기 시작하면서 마음에서는 풋풋한 젊음을 떠나 보내려 하고 있었다. 조로의 현상이 만연하였고 모두가 마음속에서 의욕을 거두어 버리고 지난날의 꿈과 낭만을 회상하려고만 하였다.

내가 〈청춘〉이라는 시를 만난 것은 이런 시절의 길목에서였다. 외국 신문에 게재된 어떤 이의 수상문에서 소개된 몇 구절의 시어(詩語)들이 유달리도 나에게 큰 감동을 주었고, 그 감동 때문에 수소문하여 전문(全文)을 접하게 되었다.

사람은 "나이를 먹어서 늙어지는 것이 아니라 이상을 잃어서 늙어간다네. / 세월의 흐름은 피부에 주름살을 늘리나 / 정열의 상실은 영혼의 주름살을 늘리고"라는 시구는 그 시절의 내 나약해지는 정신 상태에 충격 이상의 것을 주었다. 몸이 아프면 마음도 늙어진다더니 그때 나는 좌절과 실망으로 가슴속에 뜨거운 정열이 식어가고 있었다.

청춘이란 인생의 어떤 기간이 아니라 그 마음가짐이라는 사무엘 울만의 확신에 찬 선언은 이런 나를 크게 부끄럽게 만들었다.

시인 울만은 그의 81회 생일에 《인생의 정점에 서서》라는 책을 내면서 제일 첫머리에 이 시를 발표하였다. 교육자요 종교인으로 일생을 살아온 그가 지난 생(生)을 관조하고, 진정한 청춘이란 나이가 아니라 마음가짐이라는 믿음을 만인을 위하여 노래한 것이다.

인간이 의지와 상상력 그리고 정열을 가지고 매사를 대하며, 영원히 청춘으로 살아갈 수 있다는 것은 얼마나 큰 축복인가. 언제 읽어도 깊은 영감을 주고 희망과 용기를 용솟음치게 하는 〈청춘〉이라는 시를 만난 것이 나에게는 얼마나 큰 행운인지 모른다. 오늘 내가 이렇게 젊게 살 수 있는 것도 이 시가 준 식지 않는 감동 때문이다.

이 시는 제2차 세계대전 초 더글러스 맥아더 장군이 필리핀에서 후퇴하여 호주에서 불우한 나날을 보내고 있을 때, 그의 친구가 위문의 편지와 함께 보냄으로써 세상에 널리 알려지게 되었다. 맥아더 장군은 〈청춘〉이라는 이 시에 깊은 감동을 받고, 그후 어디를 가나 사무실에 이 시를 걸어 두고 애송하였다고 한다. 전후(戰後) 점령군 사령관으로 일본에 있을 때 그의 사무실에 걸려 있는 이 시에 크나큰 감명을 받은 많은 일본 지도자들이 이 시를 널리 애송하였고, 패전의 실의에서 일어나 일본 경제를 부흥시키는 정신적인 촉매제가 된 것으로도 유명하다.

이 시가 준 감동을 나 혼자 갖기 보다는 다른 사람들에게도 읽히도록 허유 시인에게 우리말로 번역하게 하였다. 그리고 뜻을 같이 하는 사람들이 〈청춘〉이란 시를 사랑하는 모임까지 만들 정도가 되었으니 이 시야말로 많은 사람들을 매료시켰다 할 수 있다.

언제 들어도 마음 설레는 '청춘'이라는 이 말 한 마디가 이 시를 통하여 나의 가슴속에 영감의 안테나를 세우게 하였고, 또 영원히 희망과 기쁨의 전파(電波)를 받도록 하고 있다.

가장 겸손한 영혼의 눈물
—신석정의 〈들길에 서서〉

저문 들길에 서서 하나씩 둘씩 어둠 저편으로
떠오르는 별을 바라보는 시인의 모습이
내 유년의 기억을 자극했다.
그리고 별에 대해 그때까지 가슴에 품고 있던
동경에 아주 특별한 후원자를 만난 기분이기도 했다.

양창순(신경정신과 전문의)

1955년 서울에서 출생하여 연세대 의과대학 및 동 대학원을 졸업하고, 정신의학 박사 학위를 취득하였다. 연세의료원에서 정신과 전문의 과정을 밟고 연구 강사로 재직한 바 있으며, 현재 양창순 신경정신과 · 대인관계 클리닉 원장으로 있다. 역서로는 《나보다 더 아픈 그대를 위하여》가 있으며, 《이젠, 부모 노릇 신나게 합시다》, 《표현하는 여자가 아름답다》, 《남자를 알아야 사랑이 자유롭다》, 《사랑을 느낄 때 던져야 할 질문들》, 《내가 누구인지 말하는 것이 왜 두려운가》 등 다수의 저서가 있다.

신석정의 〈들길에 서서〉

푸른 산이 흰 구름을 지니고 살 듯
내 머리 우에는 항상 푸른 하늘이 있다

하늘을 향하고 산림처럼 두 팔을 드러낼 수 있는 것이 얼마나 숭고한 일이냐

두 다리는 비록 연약하지만 젊은 산맥으로 삼고
부절히 움직인다는 둥근 지구를 밟았거니……

푸른 산처럼 든든하게 지구를 디디고 사는 것은 얼마나 기쁜 일이냐.

뼈에 저미도록 '생활'은 슬퍼도 좋다
저문 들길에 서서 푸른 별을 바라보자……

푸른 별을 바라보는 것은 하늘 아래 사는 거룩한 나의 일과이거니

가장 겸손한 영혼의 눈물

시를 잊고 산 지 얼마나 되었을까.

여학교 때는 이과를 지망하면서도 그나마 문학소녀다운 취향이 있었는지 예쁜 시집도 사 보고 몇몇 작품은 일부러 외우고 다니기도 했던 것 같다. 작은 시집 한 권이 가장 좋은 선물이던 때였다. 요즘은 온갖 종류의 팬시 상품이 넘쳐나니 여학생들 사이에도 시집을 선물하는 풍조는 사라진 지 오래인 듯하다. 그래도 나는 아직 마음이 담긴 선물로 시집을 건네받으면 가슴이 뭉클해지는 세대이다. 이따금 환자들로부터 그런 선물을 받을 때가 있는데 그때마다 눈물겨워지곤 한다. 비로소 내가 얼마나 오래 시를 잊고 살았는지 되돌아보는 순간이기도 하다.

어느 책에도 썼지만 내 유년의 기억은 별에서부터 시작한다. 마당에 서서 나뭇잎 사이로 밤하늘에 반짝이는 별을 헤아리던 내 모습을 나는 지금도 또렷이 떠올릴 수 있다. 그 시절 별자리에 얽힌 신화를 듣고 그 어마어마한 신비에 마음을 빼앗기는 때는 또 얼마나 많았던가. 그 시절 내 꿈은 언젠가 꼭 저 별나라에 가 보아야지 하는 것이었다. 덕분에 초등학교 때 내 장래희망은 천문학자가 되는 것이었다.

어린 날, 밤하늘의 별을 바라보며 알 수 없는 우수에 사로잡혀 아득한 기분이 되곤 하던 기억이 누구에게나 한 번쯤은 있었을 것이다. 나 역시 그런 기분에 압도당한 채 별을 바라보며, 저 광대무변한 우주 가운데 나 자신이 얼마나 작고 덧없는 존재인지를 사무치게 깨닫곤 하였다. 나는 훗날 그때의 느낌이야말로 아마도 인간이 지닐 수 있는 가장 겸손한 영혼의 울음이었으리라는 생각을 하곤 했다.

자라면서 천문학자가 되고자 하는 꿈은 엷어졌지만 별에 대한 동경은 여전히 간직하고 있었다. 그러다가 고등학교 시절 신석정 시인의 〈들길에 서서〉를 알게 되었다.

그것이 시든 소설이든 그림이든 음악이든 한 작품에 푹 빠지게 되는 데는 개인적인 체험(혹은 개인적인 만남?)이 가장 큰 작용을 하는 것 같다. 내게는 〈들길에 서서〉와의 만남이 그러했다.

사춘기 무렵, 나를 가장 괴롭히는 명제 중 하나는 인간이 지니고 있는 한계성이었다. 그 한계에 대한 절망과 분노, 그리고 그것을 뛰어넘고자 하는 열망으로 마음이 뒤엉켜 늘 혼란스러웠던 시절, 나는 〈들길에 서서〉를 만났다. 그리고 "두 다리는 비록 연약하지만 젊은 산맥으로 삼고/부절히 움직인다는 둥근 지구를 밟았거니" 하는 구절에 충격을 받았다. 시인이 삶에 대해 가지고 있는 강한 용기 때문이었다.

　그때 그 느낌은 "그래, 우리는 분명 24시간을 주기로 자전하는 이 지구 위에서 절대 떨어지지 않고 오히려 그것을 밟고 사는 인간이다! 이보다 더 인간의 강함을 보여 주는 글귀가 어디 있을까!" 하는 것이었다.

　그후로 나는 정말 "뼈에 저미도록 생활이 슬플 때마다" 이 시구를 떠올리며 용기를 얻곤 했다. 부절히 움직이는 지구를 푸른 산처럼 든든하게 디디고 살고 있는데 우리가 극복하지 못할 것이 어디 있으랴 하는 심성으로.

　그 다음으로 나를 사로잡은 구절은 당연히(?) "저문 들길에 서서 별을 바라보자"였다. 저문 들길에 서서 하나씩 둘씩 어둠 저편으로 떠오르는 별을 바라보는 시인의 모습이 내 유년의 기억을 자극했다. 그리고 별에 대해 그때까지 가슴에 품고 있던 동경에 아주 특별한 후원자를 만난 기분이기도 했다.

　더구나 "푸른 별을 바라보는 것은 하늘 아래 사는 거룩한 나의 일과이거니"라니. 그처럼 멋스런 풍모에 목가적인 작품을 쓰는 시인의 생각이 어쩌면 그렇게 나의 꿈과 딱 일치할 수 있는지 기쁘고 신기하고 감동적이었다. 이처럼 이 시와 나 사이에는 개인적인 만남이 있었던 것이다.

　그러나 세월은 가차없이 흘러, 나는 시를 잊고 사는 삭막한 나이가 되었다. 때로는 전공 분야의 책을 읽어 내기에도 시간이 벅찰 때가 많다는 핑계가 없는 것은 아니다. 그러나 가장 결정적인 이유는 역시 시 한 편을 읽으며 마음의 여유를 찾기에는 내 생활이 너무 무미건조하고 삭막하기 때문일 것이다.

그리고 우리를 둘러싸고 있는 자연도 예전처럼 목가적인 풍경은 찾아볼 길이 없다. 이제는 아침에 일어나도 맑은 하늘을 볼 수 없고 저문 들길에 서도 별은 더 이상 보이지 않는다. 그러나 인간은 자연과 유리된 채로 살아갈 수는 없는 존재다. 인간 또한 자연의 일부이기 때문이다. 인체 리듬은 자연의 리듬을 따라간다. 여름에 일찍 깨고 겨울에 늦잠을 자는 것도 해의 리듬에 맞추기 위해 우리 몸이 변화하므로 생기는 현상이다.

왜 더 현대인들이 정신적으로 불안하고 우울하고 분노하는 정도가 심한가. 우리가 속한 자연이 파괴되어 가기 때문이다. 시인은 이미 오래 전에 그것을 예견하고 있었을까. 그분의 시를 보면 늘 자연 속으로 귀의할 것을 주장하고 있다. 특히 〈들길에 서서〉를 통해 우리 머리 위에는 하늘이 있고 별이 있고, 그것을 기억한다면 삶이 슬퍼도 우리는 그것을 이겨낼 힘을 가지고 있다는 것을 힘차게 역설한다.

마음이 우울하고 심란할 때 오로지 자연을 보는 것만으로도 깨어진 마음의 균형이 살아나는 것 같은 경험을 할 때가 있다. 아마 누구에게나 그런 경험의 순간은 있을 것이다. 그러나 바쁜 생활의 틈바구니에서 그 자연을 보기 위해 일부러 시간을 낸다는 것도 쉬운 일이 아니다. 아마도 그리하여 일상은 더욱 삭막하고 분주하기만 한지도 모르겠다.

어느 순간 그런 일상으로 인해 숨이 막히는 듯한 기분이 들 때 한 권의 시집을 꺼내 들고 푹 빠져 읽을 수 있다면 얼마나 신선한 위로가 될까. 나 역시 때로는 까마득히 시를 잊고 살지만 자연의 위로가 필요할 때면 〈들길에 서서〉와 같은 시를 읽으며 다시금 힘을 얻곤 한다.

번다한 일상에 한 줄기 시원한 소나기와도 같은 그런 위로의 순간을 허락하시는 하나님께 감사하며.

마음의 주름살을 펴자
— 모세의 《시편》 중에서

늙는다는 것, 이것을 탓하며
잠시 얼굴을 숨긴다고 닥쳐올 죽음을
두려워하며 살아가는 그 슬픔이 가려지랴.
일시적인 수술이나 치장으로
그 슬픔의 깊이를 감추진 못하리라.

김의환(목사·前 총신대 총장)

1933년 전남 장흥에서 출생하여 진주고와 부산고신대에서 수학하였다. 59년 도미하여 칼빈대 신학대학원과 웨스트민스터대 신학대학원에서 각각 석사과정을 마친 뒤, 필라델피아 탬플 대학에서 철학박사 학위를 취득하였다. 66년 귀국 후 총신대에서 역사 신학 교수를 역임하고, 75년 다시 도미하여 95년까지 나성한인교회에서 목회 활동을 하였다. 95년 총신대 총장을 역임하였으며, 현재 성복중앙교회 담임 목사로 사역하고 있다. 저서로는 《기독교회사》 외 9권의 신학 서적과 수상집 《월요일의 하나님》이 있다.

우리의 일생이 일식간에 다하였나이다.
우리의 연수가 칠십이요 강건하며 팔십이라도
그 연수의 자랑은 수고와 슬픔뿐이요
신속히 가니 우리가 날아가나이다.
우리에게 우리날 계수함을 가르치사
지혜의 마음을 얻게 하소서.

마음의 주름살을 펴자

　내가 젊었을 때 즐겨 애송하던 시는 다윗이 지은 시편 23편이었다. 그러나 나이 들면서, 시편 90편 모세의 기원이 나의 기도가 되면서 자주 음미하는 애송시가 되었다. 특별히 이 기원시(祈願詩)를 더 애송하게 된 이유는 삼풍백화점 붕괴 사건 때문이다.

　나는 5년 전 미국에서의 20년 넘는 목회 생활을 마치고, 서울 사당동에 있는 총신대학교 초청으로 갑작스레 임지를 옮기게 되었다. 나의 귀국 소식을 들은 시골 중학 동창 몇 사람이 한자리에 모이기를 원하여 나는 삼풍백화점 다방에 모이자고 제의를 하였다. 그러나 모이기로 한 시간에 갑자기 교수회의가 있게 되어, 동창 친구들에게 하루 연기해서 같은 장소에서 보자고 연락을 하였다.

　그러나 이게 웬일인가! 처음 모이자고 한 바로 그날 그 시간에 삼풍백화점이 무너진 것이 아닌가. 우리는 다음날 약속한 대로 삼풍백화점 근처의 다방에서 만났다. 서로들 얼싸안고 다들 하루 연기한 것은 우연이 아니라 하나님의 도우심이란 사실을 감사한 마음으로 고백하였다. 한순간 앞을 볼 줄 모르는 연약한 인간임을 절감하였다.

　그리고 우리는 또 한 번 놀랐다. 50년 만에 만난 우리가 서로 너무도 늙어 버린 사실과 벌써 동창생 중에 반 수 이상이 타계한 사실을 서로 확인하였기 때문이다. 인생의 무상함과 세월의 신속함을 실감하는 순간들이었다. 모세의 시 "우리의 일생이 일식간에 다하였나이다"를 뼈저리게 느낄 수밖에 없다.

　20년이 넘도록 사계절의 변화가 없는 LA에서 살았기 때문에 연령 감각이 없이 오랫동안 세월 흐르는 것도 모르고 살아온 나 자신을 새삼 발견할 수 있었다. 친구의 늙어 버린 얼굴에서 나의 얼굴을 볼 수가 있었다. 내가 벌써 이렇게 늙어 버린 것을 이제야 깨닫고 오랫동안의 착각에서 깨어난 듯했다.

　며칠 전 지하철 안에서 일어난 일이다. 앞자리에 앉은 청년이 나에게 "할아버지, 앉으세요" 하면서 자리를 양보하는 게 아닌가. 나는 문득 벌써 자리 양보를 받아야 할 할아버지로 취급받나 싶은 서글픈 생각이 들어, 끝내 양보한 자리에 앉지 않았다.

　사람들은 늙기 싫어한다. 그러기에 좀더 젊게 보이려고 주름살을 없애는 성형수술을 하는 사람들도 더러 있다. 얼마 전에 잘 아는 칠십이 넘은 할머니를 만나고 놀란 적이 있다. 지난날 뵈올 때보다 너무 젊게 보여 그 연유를 물으니, 남편보다 늙게 보이는 것 같아 남편의 부담을 덜어 주기 위해 얼굴의 주름살을 펴는 성형수술을 했다고 한다. 성형수술까지 하면서 젊게 보이려는 그 마음을 젊은 사람들은 아마도 이해하지 못하리라.

과연 연령이나 얼굴의 주름살이 늙음의 결정적인 요인일까? 늙음을 성형수술의 칼로 끝내 막을 수는 없을 것이다. 막는 게 아니라 얼마 동안 사람들의 눈을 속이는 것에 불과하다. 성형수술로 자신의 얼굴을 잠시 속일 수 있을지는 몰라도 자신의 마음을 속일 수는 없다. 늙는다는 것, 이것을 탓하며 잠시 얼굴을 숨긴다고 닥쳐 올 죽음을 두려워하며 살아가는 그 슬픔이 가려지랴. 일시적인 수술이나 치장으로 그 슬픔의 깊이를 감추진 못하리라.

반면에 얼굴은 늙어 가지만 그 늙어 가는 시간 속에서 오히려 날마다 원숙을 만끽하고 보다 더 나은 영원한 내세를 바라보며 행복하게 살아가는 사람들이 있다. 예컨대 90세가 넘은 유형기 감독은 날마다 싱경 원진과 씨름하다 성경 번역의 대업을 완료하여 세인을 놀라게 한 적이 있다.

시인 롱펠로(H. W. Longfellow)는 80세가 넘어서도 감동적인 시를 써서 발표하였다. 그는 비결을 묻는 이에게 "사람도 나무처럼 보람 있는 삶의 양분을 잘 섭취하면 계속 자라나 열매를 맺으며 살 수 있다"라고 대답하였다.

살면서 인생의 의미를 깨닫고 그리스도 안의 소망 안에서 살아가는 사람은 항상 인생의 봄을 사는 사람이다. 그러나 삶의 보람이 없이 허무감이나 좌절감에 빠져 살아가는 사람은 아무리 젊은이라 할지라도 이미 인생의 가을을 살아가는 사람에 불과하다.

바울은 "세월의 흐름에 따라 겉사람은 후패(朽敗)하여도 속사람은 날로 새로워지는 삶을 노래한다"고 하였다. 그렇다. 영원한 소망을 바라는 그리스도인에게 육신의 은퇴는 있을지라도 영혼의 은퇴는 있을 수 없다.

주문처럼 외운
나의 좌우명
—사무엘 울만의 《청춘》

젊은이여! 청춘시대를 사는 이들이여!
그냥 무한한 이상과 그리고 정의에 찬 용기와 정열이 있으면
청신한 청춘시절이 되는 법이다.

김벌래(음향디자인 연출가 · 홍익대 교수)

본명은 김평호(金平鎬). 1941년 경기도 광주에서 출생하여 국립체신고 통신과를 졸업하고 국제 2급 무선통신기술사로 서대문 우체국과 동아방송, 예그린 악단에서 근무하였다. 82년 미국 낙시빌 세계박람회를 비롯하여 '86 아시안 게임, '88 올림픽, '91 세계잼버리대회, '93 대전 엑스포 등의 행사에서 개폐회 음향을 제작 · 연출하였다. 《한국 소리 100년》이라는 작품으로 대한민국 영상음반 대상 및 한국에밀레 대상, 97년 한국광고인 대상을 수상한 바 있다. 현재 38오디오 프로덕션과 (주)얼싸문화기획표현의 대표이며, 홍익대 광고홍보학부 교수로 재직중이다.

사무엘 울만의 〈청춘〉

청춘이란 인생의 어떤 기간이 아니라 그 마음가짐이라네.
장밋빛 뺨, 붉은 입술, 유연한 무릎이 아니라
늠름한 의지, 뻬어난 상상력, 불타는 정열,
삶의 깊은 데서 솟아나는 샘물의 신선함이라네.

청춘은 겁없는 용기, 안이함을 뿌리치는 모험심을 말하는 것이라네.
때로는 스무 살 청년에게서가 아니라 예순 살 노인에게서 청춘을 보듯이
나이를 먹어서 늙는 것이 아니라 이상을 잃어서 늙어 간다네.

세월의 흐름은 피부의 주름살을 늘리나
정열의 상실은 영혼의 주름살을 늘리고
고뇌, 공포, 실망은 우리를 좌절과 굴욕으로 몰아간다네.

예순이든, 열여섯이든 사람의 가슴속에는
경이로움에의 선망, 어린이 같은 미지에의 탐구심,
그리고 삶에의 즐거움이 있게 마련이네.

또한 너나 없이 우리 마음속에는 영감의 수신탑이 있어

사람으로부터든, 신으로부터든

아름다움, 희망, 희열, 용기, 힘의 전파를 받는 한

당신은 청춘이라네.

그러나 영감은 끊어지고

마음속에 싸늘한 냉소의 눈은 내리고,

비탄의 얼음이 덮여 올 때

스물의 한창 나이에도 늙어 버리나

영감의 안테나를 더 높이 세우고 희망의 전파를 끊임없이 잡는 한

여든의 노인도 청춘으로 죽을 수 있네.

주문처럼 외운 나의 좌우명

'청춘(靑春)'. 이는 밝은 대낮이든 캄캄한 밤중이 됐든 듣는 순간 가슴이 확 트이는 싱싱한 소리요, 덥거나 춥거나 계절에 관계없이 글자 모양이 어떻게 생겼든 — '청춘!', '靑春!', 'Youth!' 'せいしゅん(세이슌)' — 누가 봐도 멋있고 활기찬 글자임에는 틀림없다.

우리는 흔히들 20세에서 30세 사이를 통상 '청춘시절'이라 하지 않는가.

만물이 푸르른 봄철 — . 이 얼마나 싱그럽고 희망찬 계절이겠는가. 바로 이런 계절이 인생의 청춘시절이라니 정말 멋지게 지내 볼 만한 시절임에는 틀림없다. 그러나 나에겐 남들이 말하는 그런 '싱싱한', '활기찬' 어쩌구 하는 호사스런 말들은 해당되지 못했다.

홀홀단신 서울에 떨어진 38따라지 같은 고아 주제에 무슨 청춘의 낭만이 있었겠는가. 남들처럼 집안이 좋아 마음 편히 대학에 다닐 수도 없었고, 남들처럼 신체 건강해 군대에도 가지 못했고(두 번 육군 지원 입대, 번번이 논산훈련소에서 '체중미달'로 불합격 귀향 조치당함), 그렇다고 남들처럼 얼굴이 웬만해서 그 해보고 싶었던 '배우 노릇'을 제대로 할 수가 있나. 아무튼 고통과 시련의 청춘시절은 일단 명동 시공관에서부터 시작되었다.

왠지 연극이 좋아 극단에 발붙이고 극단 심부름하는 것만으로도 그 길이 내가 할 수 있는 최선이라고 생각했다.

국립극단, 드라마센터, 민극, 신협, 원각사, 국극단, 악극단……. 그야말로 '극' 자가 붙은 단체엔 무조건 뛰어들어, 정식 스태프가 아닌 옵서버 급사 노릇으로 청춘시절을 만끽했다.

그 당시 오죽 못 먹었으면 내 숙소(극장 경비실 1평 다다미방)에 '정신일도하사불성(精神一到何事不成)'이란 말 대신 '일일삼식하사불성(一日三食何事不成)'까지 써붙이고 연극 뒷잡일(?)에 몰두했을까.

그때 우연하게 선배님(극작가 신봉승)이 갖고 있던 책에서 사무엘 울만의 〈청춘〉을 읽고, 이것이 내 좌우명이라 싶어 쪽지에 적어 늘 갖고 다니며, 정말 힘들고 배고플 때 거의 습관처럼 꺼내, 시가 뭔지도 잘 모르면서 그냥 맹목적으로 주문처럼 읽어대곤 했다.

그렇게 수없이 읽어댔던 시! 이른바 나에겐 애송시라는 것일진대 지금도 난 전 연을 외우질 못한다. 도무지 선천적(?)으로 외우는 것은 소질이 없었던 모양이다. 그러길래 9·28 수복 후 용인초등학교 6학년 때까지 구구단을 못 외워, 변소 청소는 도맡아 하지 않았던가('9×9=18'이라고 외웠으니 조문행 담임 선생님께선 얼마나 속이 상하셨으랴).

어쨌든 이제는 외우는 것보다는 무(無)에서 유(有)를 찾는 창작작업에 몸을 담고 평생 '소리 만들기' 작업에 몰두하니 이 얼마나 천만다행한 신의 은총이랴.

물론 열다섯 살 때부터 그 험한 딴따라판(?)에서, 더구나 동에 번쩍 서에 번쩍 하시는 기라성 같은 배우 어르신네들 모시며, 눈칫밥 이십여 년 먹으며 심부름(?) 전문 스태프짓을 해냈으니, 당연히 외우는 것보다는 당장 처해진 상황에 대응하는 순발력과 현장 처리 임기응변에 모든 뇌가 더욱더 발달했을 것이다. 따라서 당연히 지금의 직업이 최적의 적성이었으리라.

그래서 요즘에 와선 외우는 두뇌는 완전 처분(?)되고 무뎌졌는지, 웬만한 숫자 외우는 것은 영 빵점이 되어 버린 것 같다. 요즘도 가끔 대학 강단에서 강의중에 "교수님, 누가 몇 년에 그런 학설을 발표했습니까?"하고 학생들이 물어 오면, "이 녀석들아! 어떤 한가한 교수가 그런 자질구레한 연도 숫자까지 외우고 가르치냐! '내가 뭐 양주동 박산 줄 아냐?' 그런 건 각자 참고 사전을 찾아 외우도록! 이상!"하고 큰소리치지만, 사실 필요할 때마다 매번 참고 연대 문헌 찾아대는 내 고충을 너희들이 어찌 알랴(미안하다, 애들아! 난 더 답답하단다)!

그래, 애들아! 이제 청춘을 막 시작한 새내기들아! 그까짓 연대 숫자 몇 개 좔좔 못 외우면 어떠냐! 더 큰 미래의 인생을 살아갈 너희들인데, 그까짓 숫자 몇 개가 뭐 크게 문제될 게 없는 법이지 않는가.

젊은이여! 청춘시대를 사는 이들이여! 그냥 무한한 이상과 그리고 정의에 찬 용기와 정열이 있으면 청신한 청춘시절이 되는 법이다.

6·25 전쟁 후 혼탁했던 시대에서 청춘을 제대로 향유하고 맛보며 살아온 한국 국민이 과연 얼마나 될까? 그야말로 우리 세대의 청춘시절은 정말 너무 한심하고 막막했다. 오로지 폐허 속에서 먹고 살기에 혈안인데 웬 청춘이겠는가? 나 역시 예외일 수는 없었기에 신촌역 앞 대현시장에서 노점상을 벌여, 새벽부터 한밤중까지 멸치(당시엔 별 신통한 생선이 없었음) 좌판을 펼쳐 놓고 꼴에 연극적으로 대사를 읊어댔다.

"싱싱힌 생선을 조려 잡숫기 좋게 바싹 말려 놓은, 펄펄 뛰는(?) 싱싱한 '며루치(멸치의 황해도 사투리)'가 한 보따리에 단돈 천 환! 천 환! 천 환이면 온가족의 칼슘 걱정은 끝! 칼슘 한 보따리에 단돈 천 환! 펄펄 뛰는 며루치가 한 가마에 천 환!"

쉰 듯한 저음톤으로 흡사 뱀장수처럼 대사 분장을 해서 온종일 외쳐댔다. 그리고 지칠 때면 또 속으로 외쳐댔다. '청춘이기에 견디자! 그래, 사무엘 울만의 시처럼 청춘이란 고통과 두려움을 물리치는 용기가 아닌가! 그래 또 견디자! 천 환어치만 더 견디자! 가난한 청춘이여, 천 환어치만!'

삼 년 동안 정말 끈기 있게 외쳐댔다. 그 대가로 이대 입구에 오

십 평짜리 집도 장만했고, 그렇게도 하고 싶었던 극단 〈행동무대〉
도 창단했다.

이젠 옵서버 급사가 아닌 당당한 극단 대표 겸 스태프로 희곡 〈어
떤 수난기〉, 〈바람 속의 지푸라기〉, 〈안경가족〉 등을 직접 극작·
연출까지 했으니, 이 얼마나 신나는 삼 년 간의 '며루치' 장수의
성취감인가. 그 누가 감히 맛볼 수 있었겠는가!

그 당시 새파란 청춘 나이로 내 연극 제작 작업 주변에서 만난
연극 선배이자 영원한 내 인생의 스태프가 된 극작가, 연출가, 극
단 신시(神市) 대표인 김상열 군. 방송 PD, 연출가, 서울 EVENT
연구소장인 이영식 군. 무대감독, 연출가인 유경환 군. 그리고 영
원한 심부름꾼, 소리쟁이인 나.

공교롭게도 우리 네 사람은 모두 신사년(辛巳年)생 동갑내기였
고, 상열 군만 빼곤 모두 38따라지였으니 이 얼마나 나로선 기막힌
인연의 친구였는지 모른다.

오늘날까지 네 사람 모두 각자 한결같이 그때 청춘시절에 해오던
일을 지금까지도 백발이 성성한 채 하고 있다. 오직 한길을 걸어온
가난한 청춘 철부지쟁이들이 이젠 제법 틀이 잡힌 전문 예술쟁이들
이 되어 가고 있는 것이다.

정말 그 시절이 눈물겹도록 그립다. 그때 누가 먼저 그렇게 부르
기 시작했는지 모르지만 우리 네 사람은 만나기만 하면 자연스럽

게, 그것도 어른들이 젊은이를 점잖게 불러 세우듯,

평 : "어이―, 젊은 영식 군, 어디 가는가?"

영 : "젊은 상열 군, 요즘 잘 써 가나?"

상 : "어이―, 젊은 예술가 경환 군, 잘돼 가나?"

경 : "여보게, 젊은 벌레 옹, 별탈 없는가?"

새파랗게 젊은 우리가 이러고 노는 걸 본 선생님이나 선배님께선 우리가 얼마나 가당찮고 건방졌을까? 헌데 사십 년이 지난 지금도 우린 만나기만 하면 옛날과 변함없이 예전 그 말투니, 이 얼마나 신나고 유쾌한 청춘시절의 연속인가!

정말 우리 4인방은 그 동안 종횡무진으로 연극은 물론, '86 아시안게임, '88 올림픽, '91 세계잼버리대회, '93 대전엑스포, '97 부산동아시안게임 등 무수한 예술을 통한 문화 활동을, 비록 청춘이 이미 지난 나이지만 청춘 못지 않게 신나게 평생을 살아왔는데…….. 오호통재라―애석하게도 1998년 10월 26일 젊은 상열 군이 뭐가 그리 급했는지 먼저 타계하는 바람에 백발이 허어연―삼총사만 쓸쓸히 남았다.

어쩌겠는가.

"어이 젊은이, 거기 먼저 가 있게나. 우리도 곧…….."

젊은 상열 군에게 이 글을 통해 다시 한 번 명복을 비오.

백발이 허어연 삼총사 일동 재배(再拜).

중국 고전 《논어》에는 사람이 어떻게 사는가를 얘기했다.

공자는, 15세에 학문에 뜻을 두었고―'입지(立志)', 20세엔 인내를 마음에 심고―'이촌심(而寸心)', 30세엔 홀로 굳건히 기반을 세웠으며―'이립(而立)', 40세엔 자신의 목표에 전혀 흔들림이 없었고―'불혹(不惑)', 50세엔 운명을 깨달았으며―'지천명(知天命)', 60세엔 다른 사람들의 말을 모두 옳게 이해했으며―'이순(耳順)', 70세가 되어서야 올바르고 자유롭게 행동―'고희(古稀)'했다는 것이다.

이것은 옛날 사람들이 평균 수명 50세쯤일 때에는 참으로 이상적인 목표였으리라. 그러나 요즘에야 대부분 70세, 아니 80세 이상 살기를 원하고 또 그러하니, 새로운 전략이 필요할 때다.

나는 20세 이전에는 아직 아이이고, 20세와 40세 사이에 진정한 젊음을 찾는다고 본다. 50세에 진정한 목표를 갈구하고 60세에는 열심히 일하며, 70세에야 비로소 성취한다고 본다. 그리고 80세에는 은퇴하는 것이다. 나의 이러한 계획에 따르면 45세~74세의 사람은 아직 중년으로 볼 수 있다. 75세 이상이 되어야 비로소 늙었다는 소리를 들을 수 있다.

《채근담》에서는 50세~60세 사람들을 어린이로, 70세~80세 사람들을 인생의 절정기에 서 있는 사람들로 비유한 재미있는 시가 있다.

"90세가 되어 죽음의 사자(신)가 찾아오면, 그를 과감히 집 밖으로 쫓아내며 '여보게, 난 아직 멀었네. 십 년쯤 후에나 다시 찾아오게나, 어험!'"

어쨌거나 40대에 기력을 잃는 사람이 있는가 하면 80대에도 아직 생기 있는 사람들이 있다. 물론 사람마다 건강 상태에 따라 다르겠지만, 청춘시절의 청아한 이상과 청순한 심성으로 살아간다면 더 좋은 상태의 수명을 누릴 것이다.

그렇다. 나는 이제부터라도 내가 사랑하는 사람들에게 청춘시절 못 다 준 사랑을 이제부터라도 꾀부리지 말고 열심히 주면서 나의 몸과 마음을 항시 젊게 유지하려고 노력한다.

걷늙은 나이로 시작한 20대의 청춘시절을 지천명이 지난 지금에서야 또다시 사랑하는 사람들을 통해 다시 되찾아가는 내가, 이 얼마나 신통하고 기특한 일인가.

"여보게, 야—! 경환, 영식, 젊은 놈들아(처음 반말……)! 젊은 벌래 옹도 나를 사랑하는 사람들 덕분에 이렇게 몸과 정신이 청아하다네."

어떤가, 오늘은 간만에 소주를 한잔 걸칠까 하는데…… 젊은이들, 시간이 어떠신가? 그 청춘집에서 냉큼 만남세!

별과 바람이 있던 밤하늘 아래서

─윤동주의 〈별 혜는 밤〉

함께 있던 친구들의 이름도 아련하고
지명조차 더듬어지지 않는 오래 전의 일이지만
그날 밤의 '하늘과 바람과 별과 시'는
영영 잊혀지지 않을 것이다.

조세현(사진작가 · 중앙대 교수)

《주부생활》,《여성자신》사진부 기자를 거쳐 경북산업대와 경일대 대학원 강사, 패션잡지《바자》사진 디렉터 등을 역임했다. 한불, 드봉, 코리아나, 태평양 화장품 등과 오리지날 리, 스톰, 제일모직, 클럽 모나코 등 유명 패션 브랜드의 사진작가로 활동하고 있다. 주요 패션 잡지의 사진과 패션 작품집 등을 맡고 있으며, 〈사진은 사진이다〉, 〈오늘의 사진전〉, 〈조세현 패션사진전〉 등 다수의 전시회를 가졌다. 현재《에꼴》사진 디렉터, 상명대 강사 및 중앙대 사진학과 겸임교수이며, 스튜디오 〈아이콘〉의 대표로 있다.

윤동주의 〈별 헤는 밤〉

계절이 지나가는 하늘에는
가을로 가득 차 있습니다.

나는 아무 걱정도 없이
가을 속의 별들을 다 헤일 듯합니다.

가슴속에 하나둘 새겨지는 별을
이제 다 못 헤는 것은
쉬이 아침이 오는 까닭이요,
내일 밤이 남은 까닭이요,
아직 나의 청춘이 다하지 않은 까닭입니다.

별 하나에 추억과
별 하나에 사랑과
별 하나에 쓸쓸함과
별 하나에 동경(憧憬)과
별 하나에 시와
별 하나에 어머니, 어머니

어머님. 나는 별 하나에 아름다운 말 한 마디씩 불러봅니다. 소학교 때 책상을 같이했던 아이들의 이름과, 패(佩), 경(鏡), 옥(玉), 이런 이국 소녀들의 이름과, 벌써 애기 어머니 된 계집애들의 이름과, 가난한 이웃 사람들의 이름과 비둘기, 강아지, 토끼, 노새, 노루, 프랑시스 잠, 라이너 마리아 릴케, 이런 시인의 이름을 불러 봅니다.

이네들은 너무나 멀리 있습니다.
별이 아슬이 멀듯이,

어머님,
그리고 당신은 멀리 북간도에 계십니다.

나는 무엇인지 그리워
이 많은 별빛이 내린 언덕 위에
내 이름자를 써 보고,
흙으로 덮어 버리었습니다.

딴은, 밤을 새워 우는 벌레는
부끄러운 이름을 슬퍼하는 까닭입니다.

그러나 겨울이 지나고 나의 별에도 봄이 오면
무덤 위에 파란 잔디가 피어나듯이
내 이름자 묻힌 언덕 위에도
자랑처럼 풀이 무성할 게외다.

별과 바람이 있던 밤하늘 아래서

　　지난 여름 일 관계로 미국을 방문하던 중에 동생 가족의
여름 휴가에 며칠 동행할 기회가 있었다. 모처럼 만난 오빠를 두고
미리 계획된 캠프를 떠나는 것을 못내 미안해하는 동생과 매제 때
문에 반강제적으로 가게 되었지만, 덕분에 모처럼 좋은 시간을 보
내고 또 이국에서의 색다른 추억을 만들 기회를 가졌다.

　뉴욕에서 2시간 남짓 차로 달려 도착한 곳은 군데군데 텐트며 통
나무로 지은 캐빈들이 흩어져 있는 숲속의 캠프장이었다. 저녁 식
사 후 어둠이 내리고 하늘에 별들이 하나둘씩 뜨기 시작하니 여기
저기에 모닥불이 피워지고, 어디선가 라틴 음악과 알아들을 수 없
는 언어로 노래하는 소리가 들려왔다. 우리도 불을 피우고 우리 가
요를 들으며 커피를 마시고 술을 마셨다.

　풀밭에 누웠다. 그렇게 누우니 보이는 건 온통 밤하늘과 그 속에
수놓은 듯 또렷이 반짝이는 별들뿐이었다. 말 그대로 무한한 우주
공간이었다. 내가 아무리 그 넓이며 거리를, 또 그 많은 별들의 숫
자를 가늠한다 해도 내 지식과 상상력의 한계를 벗어나질 못할 거
라는 생각이 들었다. 누군가 내게 알려 준대도 다시 상상력을 동원
해야 하는 현실감 없는 '천문학적 숫자'가 고작이겠지.

　저 멀리 보이는 어느 별 하나에 어떤 생물체가 살아 이 지구라는

별을 바라본다면 내 누운 자리의 풀 한 포기나, 힘겹게 과자 부스러기를 나르는 개미 한 마리나, 위대한 인류의 하나인 내 자신이 뭐 그리 다를 바 있겠는가 싶었다. 그리 대단할 것은 없지만 사진가로서 살아온 오늘까지의 삶이 연기 같고 이슬 같았다. 내가 가진 쓸데없는 욕심과 집착이 부끄러웠다.

그 밤 내가 몹시 안타까웠던 것은, 동생이 하늘의 별을 헤아릴 수도 있겠다는 말을 했을 때 생각나는 시가 한 편 있었는데, 시구가 토막토막 기억날 뿐 다 읊어 주지 못한다는 사실뿐이었다. 그냥 생각나는 대로 마음속으로 별 하나에 아름다운 말들을 하나씩 불러 보며 서울로 돌아가면 그 시를 꼭 찾아서 읽어 보리라 마음먹었다. 아마도 그래서 애송시 청탁을 받았을 때 맨 처음 떠오른 것이 윤동주의 〈별 헤는 밤〉이 아니었나 싶다.

이 시가 처음으로 나를 사로잡았던 것은 내 나이 스물이 갓 넘었던 대학 2, 3학년 시절의 동아리 MT에서였다. 만나기만 하면 편가르기를 한다거나 누구 하나 따돌리는 일 없이 의기투합하기에 문제가 없었건만, 무슨 멤버십 트레이닝(membership training)이 필요하다고 때마다 회비 걷고 준비물 나눠 적고 하면서 놀러 다니던 시절이었다.

별빛이 쏟아지던 강변이었다. 술도 다 떨어지고, 마지막 담배 한

개비까지 돌려가며 피워 버려 장초 찾아 어둠을 더듬거리기 시작할 즈음엔 고고 춤출 때 신나게 소리를 내주던 카세트 라디오도 배터리가 다 떨어져 음악이 길게 늘어지다 마침내는 멈춰 버리게 마련이었다. 그때 한 친구가 시집을 한 권 꺼내더니 〈별 헤는 밤〉을 읽기 시작했다. 우리 모두 말없이 조용히 듣고 있었다.

한 시인의 고독하고 외로운 모습과 부끄러운 자신에 대한 고백과 봄을 기다리는 마음은 그 시간 별이 빛나는 밤하늘 아래 둘러앉은 우리 한 사람 한 사람의 모습이요 고백이며 마음이었다. '시인이라는 천명(天命)'을 타고난 식민지 지식인 청년은 아니었지만, 우리도 현실에 대한 갈등과 대립으로 분노하고 자책하는 시대적 아픔을 지닌 순수한 젊은이들이었다.

역사의식을 떠나서라도 그 시는 우리 마음에 깊은 감동을 주었다. 그것은 우리에겐 누구나 유년의 기억과 마음의 고향과 이루지 못한 꿈이 있기 때문이 아닐까. 윤동주의 순수한 영혼과 뛰어난 서정성은 무엇인가를 그리워하는, 대상을 알 수 없는 그리움을 깨우는 각성제 역할을 하였던 것이다.

그날 밤 그 친구는 랜턴 불에 비춰 가면서 〈별 헤는 밤〉을 대여섯 번쯤 읽었다. 별이 무섭도록 쏟아지던 그 밤에 멀리서 영동선 열차가 달려갔던 것도 같다. 함께 있던 친구들의 이름도 아련하고 지명조차 더듬어지지 않는 오래 전의 일이지만, 그날 밤의 '하늘과 바람과 별과 시'는 영영 잊혀지지 않을 것이다. 밤하늘의 별만큼 또렷이 기억 속에 박혀 있지만, 또한 아스라이 머나먼 별처럼 닿지 못할 지난 일이다.

그날 이후 나는 시를 더 즐겨 읽게 되었다. 나는 번역시보다는 나와 문화와 정서가 같고, 같은 언어를 쓰는 우리 시인들의 시를 좋아한다. 낱말 한두 개에 시인의 마음이 읽히고 같은 그림이 그려지기 때문이다.

그리고 나는 시를 읽을 때면 눈으로만 읽지 않고 소리를 내어 읽는다. 대개의 경우 시집을 펼칠 때면 혼자만의 조용한 시간이기 마련이어서 그리 문제가 될 건 없다. 누군가에게 말하듯 읽어 주듯 목소리를 가다듬고 천천히 읽는다. 그러면서 귀를 열어 듣는다. 그렇게 소리를 내어 읽으면 시의 리듬도 느낄 수 있고 감동도 훨씬 진하다. 읽을 때는 내 말 같고 내 고백 같아서, 또 들으면 누군가 내게 하는 말 같아서, 우스운 이야기지만 읽으면서 슬픔으로 목이 잠길 때도 있다. 그래도 시를 읽으면 나는 늘 행복해진다. 몹시 괴롭고 힘들 때에 위안과 힘을 주고, 불안에 서성일 때 평안을 주는 시구도 있다.

공감되는 좋은 시를 만나면 이 땅에 내 마음과 같은 사람들이 살고 있음이 고맙고, 각박한 세상살이에 때가 묻었어도 한 조각 남아 있는 내 마음의 촉촉한 부분이 만져져서 기쁘다. 〈별 헤는 밤〉, 늘 자연 속에서 별과 바람이 있던 밤하늘 아래서 내 그리움을 깨우고 아직도 청춘이 다하지 않았음과 봄이 오고 아침이 옴을 말해 주던 시……. 그 시가 앞으로 살아가는 동안 자주 생각나 줬으면 좋겠다.

새벽 하늘에 고인
희망의 샘
― 곽재구의 〈새벽 편지〉

'새벽' 이 있어서 얼마나 다행인가.
묵묵함과 성실함으로 그 자신이 별이 되어
빛나는 사람들, 그 사람들 틈에서 하루하루
열심히 살아가다가 어느 날 나도
고통과 방황에서 깨어나지 못할 수도 있다.

이금희(방송인)

1966년 서울에서 태어나 숙명여대 정치외교학과를 졸업하고, 89년 KBS 공채 16기 아나운서로 입사했다. 〈6시 내 고향〉, 〈무엇이든 물어보세요〉, 〈여성저널〉 등의 TV 프로그램과 〈이금희의 스튜디오 891〉 등의 라디오 프로그램 등을 통해 편안한 진행자로 자리잡았다. 연세대 언론홍보대학원에서 석사 학위를 받았으며, 지난 3월부터 숙명여대 언론정보학부에 겸임 교수로 출강하고 있다. 저서로는 에세이집 《나는 튀고 싶지 않다》가 있으며, 현재 〈아침마당〉, 〈TV는 사랑을 싣고〉, 〈이금희의 가요산책〉 등을 진행하고 있다.

곽재구의 〈새벽 편지〉

새벽에 깨어나
반짝이는 별을 보고 있으면
이 세상 깊은 어디에 마르지 않는
사랑의 샘 하나 출렁이고 있을 것만 같다
고통과 쓰라림과 목마름의 정령들은 잠들고
눈시울이 붉어진 인간의 혼들만 깜박이는
아무도 모르는 고요한 그 시각에
아름다움은 새벽의 창을 열고
우리들 가슴의 깊숙한 뜨거움과 만난다
다시 고통하는 법을 익히기 시작해야겠다
이제 밝아올 아침의 자유로운 새소리를 듣기 위하여
따스한 햇살과 바람과 라일락 꽃향기를 맡기 위하여
진정으로 진정으로 너를 사랑한다는 한마디
새벽 편지를 쓰기 위하여
새벽에 깨어나
반짝이는 별을 보고 있으면
이 세상 깊은 어디에 마르지 않는
희망의 샘 하나 출렁이고 있을 것만 같다.

새벽 하늘에 고인 희망의 샘

5, 6년 전부터 아침 생방송 프로그램을 진행하기 위해 새벽에 일어나 출근을 하고 있다. 하루이틀도 아니고 매일같이 남들이 깊이 잠든 시간에 혼자 잠을 깨고 서둘러 하루를 시작하는 것은 그야말로 죽을 맛이다. 특히 겨울철에는 더욱 그렇다.

아직 한밤중처럼 창밖이 어두운 시간, 5분 간격으로 울어대는 세 개의 자명종에 시달리며 눈을 뜬다. 하는 둥 마는 둥 얼굴에 물만 묻히며 고양이 세수를 한다. 그러고는 단단히 채비를 갖추고 대문을 연다. 칼날 같은 겨울 바람에 뺨이 얼다 못해 쨍 하고 깨져 버릴 것 같은 새벽 공기를 뚫고 집을 나선다.

문밖은 고요하다. 겨울의 새벽이란 빛과 따스함과 그밖의 모든 것을 삼켜 버리는지 차가운 거리에는 좀처럼 인적이 없다. 졸고 있던 가로등만이 깜박 정신을 차려 소리 나는 곳을 한번 쓱 내려다본다. 크게 심호흡을 한 번하고 잔뜩 목을 움츠리고는 걸음을 재촉한다. 골목을 빠져 나와 큰길가로 접어든다. 비로소 고개를 들어 하늘을 한번 올려다본다. 시리도록 투명한 하늘에는 희미한 새벽별이 비추고 있다.

새벽에 출근하기란 이처럼 고달픈 노릇이다. 하지만 새벽에는 새벽 나름의 맛이라는 게 있다. 다른 시간에는 느낄 수 없는 정서이기도 하다. 동녘 하늘이 붉어지는 시간이 하루가 다르게 점점 일러지는 것을 눈으로 확인하게 되고, 새벽 공기가 점차 온화해지는 것을 피부로 느끼는 맛을 어떻게 표현하면 좋을까.

꽁꽁 얼었던 날이 서서히 풀릴 즈음이면 뿌옇게 밝아 오는 하늘을 머리에 이고 걷는 기분도 썩 괜찮다. 발걸음도 한결 가벼워지고 어깨도 제법 으쓱해진다. 그리고 무엇보다 새벽 하늘에는 하늘을 밝히는 별이 있고 새벽 거리에는 이 땅을 밝히는 사람들이 있다.

새벽 거리에서 만나는 사람들은 대개 두 부류이다.

하나는 오늘을 미리 여는 사람들이다. 많은 이들의 개운한 아침을 위해 부지런히 손을 놀리는 환경미화원 아저씨. 이루지 못한 간밤의 꿈들까지 쓸어내리려는 듯 싹싹 쓱쓱 소리를 내며 비질을 하는 그분들을 만나면 왠지 기운이 솟는 듯하다. 아파트 계단을 오르내리며 집집마다 건강을 배달하는 우유 배달 아주머니, 세상으로 향하는 창을 열어 주는 조간 신문 배달원 청년, 버스 뒤칸에 앉아 귀에 꽂은 이어폰으로 회화를 공부하며 부지런히 학원으로 달려가는 젊은이……. 비록 만날 수는 없어도 어딘가에서 졸린 눈을 비비며 아이들의 도시락을 싸고 있을 어머니, 그리고 네모난 원고지나 네모난 모니터 화면에 가득차는 단어 하나 음절 하나를 찾아내기 위해 긴긴 밤 잠 못 이루었을 시인…….

어쩌면 이들이 별인지도 모른다. 하늘을 밝히는 별처럼 이들은 이 땅을 환하게 만들기 때문이다. 지구 밖 저 멀리에서 바라보면 이들의 반짝임으로 지구라는 별이 빛나는 것인지도 모른다.

다른 하나는 어제를 미처 닫지 못한 사람들이다. 새날이 밝아오는 그 시간까지도 어제를 마감하지 못하고 지나간 시간 속에서 몽롱한 꿈을 꾸고 있는 사람들. 세상의 시간은 새벽이지만 여전히 그들의 시간은 밤이다. 차들이 쌩쌩 오가는 길가에 쭈그리고 앉아 졸고 있는 취객들이나 밤새 어느 곳에선가 젊음을 소모하고 나온 듯한 젊은 커플들, 아슬아슬한 옷차림에 위태로운 포즈로 거리를 걷고 있는 청춘들…….

그들을 바라보면 한편 쓸쓸하기도 하고 한편 애잔하기도 하다. 무슨 사연이 있기에, 무슨 아픔이 있기에 어제로부터 헤어 나오지 못하고 있는 것일까. 하지만 이들로 인해 별빛이 흐려지는 것은 아니다.

갈 곳을 몰라 방황하고 가슴속을 달래지 못해 고통스러워하면서도 스러질 듯 스러질 듯 버티고 있는, 그들의 안쓰러운 빛도 한 줌 보태져 지구라는 별의 빛이 더하는 것은 아닐까 싶다.

새벽의 사람들을 만나고 새벽의 풍경들을 접해 온 것이 5, 6년 되어서일까. 처음 이 시를 보았을 때 나는 빙그레 웃으며 고개를 끄덕였다. 내게는 무척이나 친근하고 익숙한 새벽의 모습이 그려져 있어서였다.

새벽은 계절에 관계없이 언제나 한결같은 그 나름의 모습이 있다. 냉랭하고 청량한 겨울의 새벽, 선선하고 훈훈한 봄 새벽, 달짝지근하고 조금은 나른하기도 한 여름 새벽, 선뜻하고 시원한 가을 새벽에 이르기까지. 어느 계절을 막론하고 이런 시간이면 세상에는 푸르스름한 기운이 감돌기 시작한다. 온갖 욕정의 부스러기들까지 다 타 버려 검붉은 재로 남고 그 재 속에서 한밤의 고통을 이겨낸 푸르스름한 순결함이 다시 고개를 드는 것이다.

그렇다. 새벽이란 '옛것은 가고 새것이 되는' 시간이다. 지나간 상처를 말끔히 씻어 내고 그 자리에 새로운 살이 돋아나게 하기 위한 시간이다. 설령 그것이 또 다른 아픔이어서 새로운 상처를 만들게 될지라도……. 그렇기 때문에 시인은 '다시 고통하는 법을 익히기 시작해야겠다' 면서 이 새벽을 맞이하는 것은 아닐까. 새것이 되는 때, 새날이 밝아오는 때 — '새벽'. 새벽의 새로움은 바로 모든 것을 감싸고 이겨내는 힘이다.

'새벽'이 있어서 얼마나 다행인가. 묵묵함과 성실함으로 그 자신이 별이 되어 빛나는 사람들, 그 사람들 틈에서 하루하루 열심히 살아가다가 어느 날 나도 고통과 방황에서 깨어나지 못할 수도 있다. 그러나 새벽은 나에게도 공평히 찾아올 것이고, 그 새로움으로 내게 치유의 손길을 건네줄 것이다. 그러면 나는 그 새벽 어딘가에

서 출렁이는 사랑과 희망의 샘을 하나 발견할 수 있을 것이다. 그
샘에서 목을 축이고 새로운 하루를 시작할 수 있을 것이다.

　새벽 하늘에 사랑의 샘, 희망의 샘이 있다는 것을 곽재구 시인의
〈새벽 편지〉를 통해 나는 알게 되었다.

수채화처럼
맑고 아름다운 인생
—박용래의 〈자화상(自畵像) 1·2〉

그는 마음이 착하고 여린 사람이었다.
그리고 눈물이 많은 사람이었다.
그와 같은 순백한 영혼을 가진 사람은
찾아보기 어려울 것이다.

호현찬(언론인·영화인)

1926년 대전에서 출생하였으며, 홍익대 영문학과를 졸업했다. 《서울신문》과 《동아일보》 문화부 기자를 거쳐 한국문화프로덕션 대표 등을 역임하고, 영화 〈갯마을〉, 〈만추〉 등 6편의 영화를 기획·제작하였다. 영화진흥공사 이사, KBS 심의위원, 서울텔레콤 대표이사, 한국영상자료원 이사장, 영화진흥공사 사장, 영화평론가협회장 등을 역임했다. 53년부터 현재까지 영화평론, 에세이, 칼럼 등을 집필해 왔으며, 영화·방송 평론에 관한 다수의 저서가 있다.

박용래의 〈자화상(自畵像) 1〉

파초(芭蕉)는 춥다
창호지 한 겹으로

왕골자리 두르고
삼동(三冬)을 난다.

받혀 올린 천정이
갈매빛 하늘만큼 하랴만

잔솔가지 사근사근
눈뜨는 밤이면

웃방에 앉아
거문고줄 고르다

아마 마주댄
회부연한 고샅길.

파초(芭蕉)는 역시 춥다.
시렁 아래 소반(小盤)머리.

박용래의 〈자화상(自畫像) 2〉

한오라기 지풀일레

아이들 놀다 간
모래성(城)
무덤을
쓰을고 쓰는
강둑의 버들꽃
버들꽃 사이
누비는
햇제비
입에 문
한오라기 지풀일레

새알,
흙으로
빚은 경단에
묻은 지풀일레

창을 내린
하행열차
곳간에 실린

한 마리 눈〔雪〕 속 양(羊)일레.

수채화처럼 맑고 아름다운 인생

　　해방의 감격과 혼란이 기록되던 해방기에서 나는 시인 박
용래와 교분이 남달랐다. 그때 박용래는 정훈, 박희선 등과 함께
대전에서 〈동백〉이라는 동인시지를 내며 시 창작에 열정을 쏟고 있
었다. 문학에 뜻을 두었던 나도 동서의 시, 소설, 희곡 등을 섭렵
하던 때인지라 우리는 자주 만나 문학 이야기를 나누며 토론을 벌
이기도 했다.

　　그때 그는 릴케의 시를 몹시 좋아하는 듯했다. 나 역시도 릴케의
시를 좋아했지만, 그보다는 폴 발레리의 〈해변의 묘지〉나 에밀 벨
라탱의 〈오후의 때〉에 더 빠져 있을 때여서, 그의 문학관과 견해를
달리할 때가 있었다. 그는 여성적이고 감상적이었다. 그의 몸짓,
말투부터가 너무나 시인다웠고, 시에 관한 한 촌보(寸步)도 양보하
지 않는 고집스러운 자존심이 있었다. 문학적인 취향이나 생각에는
이견이 많았지만 나는 그의 영롱한 감성과 서정의 아름다움에 늘
고개를 숙일 수밖에 없었다. 술을 좋아해서 만나면 으레 술잔을 나
누었던 그는 한 줄의 시를 위해 몇십 번씩 생각하며 시어(詩語)를
다듬을 만큼 꼼꼼하고 생각이 깊었다.

　　박용래는 논산에서 태어나 실업학교로 소문난 강경(江景)상업학

교를 수석 졸업하고, 금융의 총 본산인 조선은행에 입사하는 등 선택받은 금융인으로서의 장래를 보장받았다. 하지만 그의 딸의 말을 빌리면, 돈을 세는 것이 싫어서 은행을 뛰쳐나왔다고 한다. 또한 대전에 있는 호서중학교와 철도학교에서 훈장 일을 잠시 했지만, 학생들의 등록금을 채근하기가 싫어서 교사직도 내던지고 평생을 일정한 직업 없이 살았다.

그는 마음이 착하고 여린 사람이었다. 그리고 눈물이 많은 사람이었다. 감정이 격할 때에는 참지 못하고 곧잘 울어대는 버릇이 있었다. 그와 같은 순백한 영혼을 가진 사람은 찾아보기 어려울 것이다.

그는 당시 유행하던 모더니즘이니 외국의 시류(時流)에 조금도 흔들림 없이 오직 자신만의 성결한 밀실에서 서정주의를 지킨 향토 시인이었다. 자연을 사랑하고 경외하는 시인이었다. 그의 시상(詩想)은 주변에 널려 있는 자연, 풍물 소박한 서민들의 생활에서 얻어진 것들이 많았다. 그는 산과 바다, 구름, 나무와 들판, 한 포기의 들풀 등을 노래한 전원 시인이었다.

담장 안에 핀 작은 꽃 한 송이, 〈제비꽃〉, 〈엉겅퀴〉, 〈해바라기〉, 〈강아지풀〉 등을 사랑했으며, 〈쇠죽가마〉, 〈시락죽〉에서도 시상의 날개를 펴는 것이었다.

바람에 흔들리는 풀 한 포기에도 감동을 멈추지 않는 감수성을 가진 시인이었다. 그의 시는 정갈한 수채화 같은 향기가 가득찼다. 시뿐만이 아니라 그의 심성도 그러했다.

1950년대 중반쯤 되던 해로 기억한다. 그때 나는 고향을 떠나 서울에서 신문기자 생활을 했다. 어느 날 오랜만에 향리(대전)의 선산을 둘러보고 대전역 앞 다방에서 기차를 기다리고 있는데 우연히 그를 만나게 되었다. 먹고 살기 위하여 정신없이 앞만 바라보고 달리던 때여서 고향이나 벗을 생각할 겨를도 없이 살던 때였다.

그는 몹시 놀라면서 아무 말도 하지 않고 종업원에게 술 한잔을 청하는 것이었다. 종업원은 익숙한 손놀림으로 맥주잔에 철철 넘치게 정종을 따라 건넸다.

그는 벌컥벌컥 단숨에 술을 들이켜더니 그제서야 덥석 내 손을 잡고는 엉엉 울기 시작했다. 눈물을 펑펑 쏟으면서 말이다. 전에도 우는 것을 자주 보았지만 이렇게 많은 사람들이 보는 가운데 우는 것은 처음이라서 무척 당황스러웠다. 이것이 그를 본 마지막이었다.

나는 나대로 박용래의 길과는 달리 저널리스트, 영화 제작 등 속된 사바세계에서 정신없이 살았고, 그는 향토 대전에서 시인답게 살았기 때문에 교류는 자연히 뜸해질 수밖에 없었다. 서울로 돌아오는 기차에서 박용래에 대한 여러 가지 회상에 젖었다. 그와 같이 순수한 감정을 갖지 못한 나 자신에 대해서 밉고 부끄러운 생각이 들었다.

이런 일도 있었다. 그와 함께 어우러져 다니던 시절, 하루는 그의 집에서 밤새 술(막걸리)을 퍼마시며 문학이야기를 하다가 대취하여 쓰러져 잤다. 아침에 일어나 보니 그는 자리를 떠났다. 그가 깔고 자던 요는 홍건하게 젖어 있었다. 파안대소할 수밖에……

6 · 25 전쟁 이후 한때 내가 지방신문의 편집부에서 일할 때였다. 그때 시인 박목월 선생이 대전에 머물렀고 목월과 박용래, 나 그렇게 셋이 가끔 어울릴 때가 있었다. 그때쯤 나는 문학에 대한 뜻을 접고 저널리스트의 길을 택했다. 목월 시인도 박용래의 시를 높이 평기했던 기억이 난다. 박목월과 박용래는 남다른 교분이 있었던 것으로 안다.

박용래는 드물게 과작(寡作)한 시인이었다. 해방기에는 향토 문단을 가꾸고 있었고, 뒤늦게 중앙 문단에 등단한 건 1956년 〈가을의 노래〉, 〈황토길〉, 〈땅〉 세 편이 《현대문학》에 추천받은 때부터이다. 그의 첫 시집이 나온 것은 1969년 《싸락눈》이었던 것으로 기억한다. 욕심이나 허영에 사로잡히지 않았기에 시인의 여정은 화려하지도 않았다.

1980년 초겨울(11월 21일), 신문에서 그의 부음 소식을 읽었다. 심장마비로 향리에서 별세했다는 소식이었다. 불가피했던 사정이 있어서 그의 장례식에 가지도 못했다. 짤막한 기간의 교정(交情)이었으나 지금도 이따금 그를 회상한다. 그럴 때면 시집을 펴 그의 시를 읽는다. 혼탁한 세상이 더할수록 그와 같이 고고하고 정갈하게 살다 간 한 시인에 대한 생각이 솟아오른다.

그는 철두철미하게 시인답게 살다 시 속에서 사라진 것이다. 순수무구, 천의무봉같이 살다가 일찍 떠난(향년 55세) 한 시인의 인생은 어쩌면 나 역시도 한참 순수했던 동시대의 추억과 겹치면서 각인되어 지금도 소중하게 느껴진다.

한 편의 시를 골라 달라는 청을 받고 그의 시집을 뒤적여 보니 어느 시 한 편도 버릴 수 없었지만, 박용래에 대한 연상을 더욱 깊게 느끼게 하는 〈자화상 1·2〉를 택하기로 했다.

"파초는 춥다/ 창호지 한겹으로/ 왕골자리 두르고/ 삼동을 난다." 그의 추위는 체감온도에서 느끼는 추위가 아니라 당시의 몹시도 삭막하고 스산한 세상에 대한 추위인 것이다. 일정한 직업 없이 용돈도 되지 못할 고료만 가지고 어떻게 견디었는가도 궁금하다. 그런 가운데서도 "웃방에 앉아 / 거문고를 고르다"라고 한 그의 넉넉한 마음이 또한 마음에 닿는다. "한오라기 지풀일레"라고 스스로 노래한 그에게서 청빈하면서도 꿈을 결코 버리지 않는 선비의 기상이 엿보인다. "흙으로/ 빚은 경단에/ 묻은 지풀일레/ 창을 내린 하행열차//곳간에 실린 한 마리 눈〔雪〕속 양(羊)"이라고 자신을 비유한 것이다.

준엄한 기개를 가진 시인이었다. 그의 시는 슬픔과 한이 서려 있지만, 시인 박용래는 결코 슬픔만을 탄식한 시인이 아니었다. 자연과 인간과 고향을 사랑하며 욕심 없이 살다간 시인이었다.

그는 맑고 아름답게 인생을 관조한 시인이었던 것이다.

영혼의 고향을 향하여
—노천명의 〈사슴〉

자연을 향한 외침과 자유를 향한 몸부림이
나를 자유케 할 수도 있다.
비록 두 다리로 땅을 딛고 서 있지만
우리들의 머리는 하늘을 향하고 있다.

김성순(시인 · 송파구청장)

1940년 서울 출생으로 육사를 중퇴하고, 단국대와 중앙대 대학원, 한양대 대학원을 졸업했다. 1966년 행정고시에 합격하여 서울시 보건사회국장, 문화관광국장, 중구청장 등을 역임하고, 서울시립대, 중앙대, 단국대 등에서 강의를 맡은바 있으며, 현재 한양대 겸임교수, 송파구청장, 새정치국민회의 송파을 지구당 위원장을 맡고 있다. 《예술세계》를 통해 등단하였고, 시집으로 《세상을 거울로 보며》, 《코뿔소의 눈물》이 있다. 저서로 《노인복지론》, 《고령화 사회와 노동》 등과 수필집 《살림 잘하는 남자》, 《도시의 테마는 사람이다》 등이 있다.

노천명의 〈사슴〉

모가지가 길어서 슬픈 짐승이여
언제나 점잖은 편 말이 없구나
관(冠)이 향기로운 너는
무척 높은 족속이었나 보다

물 속의 제 그림자를 들여다보고
잃었던 전설을 생각해 내고는
어찌할 수 없는 향수에
슬픈 모가지를 하고 먼 데 산을 쳐다본다

영혼의 고향을 향하여

학창시절 애송하던 노천명의 주옥 같은 이 한 편의 시가 나를 시인으로 만들었는지도 모른다. 시인은 사슴을 통하여 자신의 고고한 꿈과 향수를 표현한다. 자신이 사슴이 되어 먼 데 하늘을 보며 어릴 적 고향에 대한 향수를 달래기도 하고, 소망과 꿈을 쫓기도 한다.

1911년 황해도 장연에서 태어난 노천명 시인은 오랜 유교사회의 전통이 무너지며 개화의 물결이 밀려오던 일제 치하에서 언어, 문화, 예술 심지어 이름조차 존재할 수 없던 시기에 사슴처럼 가냘픈 목으로 세상을 둘러보며 그의 슬프고 고고하고 순수한 시의 세계를 펼쳐 간다.

순수함은 소중하다. 도시의 회색빛 하늘 아래서도, 때묻은 우리들 생활 속에서도, 순수함은 살아 있어야 한다. 노천명 시인은 그걸 지키면서 일생을 보냈다.

시는 사람의 목을 길게 하나 보다. 그래서 때로는 슬퍼지고 넘어지기도 한다. 그것을 음미하는 것이 시적 삶이다. 산다는 것은 소중한 것이고, 삶의 현장마다 의미가 있다. 그리고 그것을 찾는 것 또한 의미 있는 일이다. 그래서 사슴이 먼 데 산을 쳐다볼 때 나 또한 내 영혼의 고향을 바라본다.

공무(公務)의 바쁜 틈바구니에서 시와 접한다는 것이 그리 쉬운 일은 아니다. 그러나 우리들 삶이 바로 시여야 한다는 신념은 시의 권역(圈域)에 나를 존재케 한다. 그리고 그것은 도시의 탁한 공기 속에서 숨통을 트이게 해주고, 공적 삶 가운데서도 나를 풍요롭게 해준다.

원래 중세 때까지만 해도 나라를 다스리는 자는 거의 시인이었다. 왕을 비롯하여 지도자들은 시를 알지 못하면 백성을 다스릴 수 없었고, 존경을 받을 수 없었다. 심지어 네로 같은 폭군도 시인이었다. 우리나라 조선시대 과거제도도 결국 시인을 뽑는 제도였다. 그래서 옛 조상들은 아무리 가난하고 삶에 쫓겨도 여유와 멋이 있었다. 돈이 없어도 행복할 수 있었고, 나이가 들면서 더욱 품위가 있었다.

그러던 것이 산업혁명을 거치면서 상황이 급변해 갔다. 모든 행동과 공정이 빨라지고, 사람들의 정신도 기계화되고 정형화되었다. 물질문명 속에 완전히 매몰되고 만 사람들에게 시는 소외될 수밖에 없었다. 정보화 사회에서 시는 아무짝에도 쓸모가 없다. 철학보다는 지식이, 시보다는 컴퓨터가 소중한 사회가 됐다. 시를 읽거나 쓰는 것은 할일 없는 사람들이나 하는 것으로 인식되고, 시인은 이제 가난하고 주변머리 없고 어딘가 시대에 뒤떨어진 사람처럼 취급하는 세상이 돼 버렸다.

달 보고 자란 세대와 TV 보고 자란 세대가 같을 수는 없다. 그러나 그럴수록 우리들의 일상 생활은 시처럼 돼야 한다. 그것이 기계에게 빼앗긴 사람을 다시 찾는 길이다. 그것은 또한 고향을 다시 찾는 것이기도 하다.

나의 시집 《코뿔소의 눈물》에서 나는 사슴과 코뿔소를 생각해 보았다. 코뿔소도 사슴 못지 않게 슬프다. 지구를 들어 메치고 만년설 흔들던 고함소리를 머나먼 추억으로 하고 문명에 체포되어 울 안을 맴돈다. 그래서 울 안의 코뿔소는 오늘도 "슬픔을 코에 얹고 산다". "강한 사람 약한 사람, 잘난 사람 못난 사람, 높은 사람 낮은 사람. 모두가 울 안에 갇혀 있다".

우리 모두가 사슴이고 또한 코뿔소다. 그러나 고향 하늘을 바라볼 수 있는 것만으로도 하루해를 위로하며 보낼 수 있다.

자연을 향한 외침과 자유를 향한 몸부림이 나를 자유케 할 수도 있다. 비록 두 다리로 땅을 딛고 서 있지만 우리의 머리는 하늘을 향하고 있다.

사슴처럼 긴 목으로 그 하늘을 다시 한 번 쳐다보자. 그리고 외쳐 보자. 노천명이 외친 것처럼.

언제나 보리처럼
—김용택의 〈보리〉

설움이 복받쳐서, 어리광을 부리고 싶어서,
그리고 진심으로 고마워서 이 시집을 진짜 오빠나 되는 양
품에 꺼안고 또 엉엉엉 소리내어 울고 말았다.

한비야(여행전문가)

1958년 서울 출생으로 숭의여고를 졸업하고 5년 간 음악다방 DJ, 영어소설 번역 등의 일을 하다가 특별 장학생으로 홍익대 영문학과를 졸업했다. 미국 유타 대학 언론대학원에서 국제홍보학 석사 학위를 받고 국제홍보회사인 버슨-마스 텔라 한국 지사에서 근무하던 중, '걸어서 세계일주'라는 어릴 때부터의 꿈을 이루기 위해 6년에 걸쳐 세계일주를 하고, 지난 3,4월에 도보로 국토 종단을 마쳤다. 《동아일보》에 〈한비야 칼럼〉을 연재했고, 저서로는 《바람의 딸, 걸어서 지구 세 바퀴 반 1·2·3·4》가 있다. 현재 활발한 강연 활동 및 SBS 〈한비야의 세계풍물기행〉 진행을 맡고 있다.

김용택의 〈보리〉

비바람이 분다 보리야
비바람이 불면
바람 온 쪽 보며
바람 간 쪽으로 쓰러지자
위엔 언제나 하늘이고
등엔 언제나 땅이다
온몸으로 끝까지 쓰러져
무릎에서 뿌리내려
몸 들고 고개 들고 일어서자
서너 번 쓰러지면
서너 번 일어나는 보리야
온몸이 일어나는 보리야
잘 드는 조선 낫으로 베어도
피 한 방울 없는 보리야
가자
오뉴월 뙤약볕 아래
보릿대 춤으로 가자.

언제나 보리처럼

　　미국으로 유학간 첫해의 일이다. 영문학에서 국제 홍보학으로 전공을 바꾼 데다가 토론식 수업에 익숙치 못해 스트레스성 위염에 시달리고 있었다. 설상가상으로 같은 전공 대학원생들과도 사이가 썩 좋질 않았다. 최초의 한국 학생이라는 점이 교수님들의 특별한 관심을 불러모았는데, 그것이 학과 성적과는 아무 관계가 없다는 것을 학생들이 믿기 어려웠던 모양이다. 특히 미국 학생 두 명은 작정을 하고 수업중 나의 의견이라면 사사건건 반대의 입장에 서서 물고 늘어지는 통에 아무리 열심히 수업 준비를 해도 무참히 깨지기가 일쑤였다.

　　이틀에 한 번 꼴로 자면서 공부를 해가도 만족한 토론 한 번 하기 힘들었다. 개인적인 자존심은 물론, 한국 학생의 수준을 무시당하는 것 같아 몹시 괴로웠다.

　　그런 와중에 한 가지 사건이 있었다. 대학원생끼리 점심을 먹으러 학교 식당에 갔다(참고로 우리 언론 대학원[Department of Communications]은 여성운동 급진세력의 본부였다). 식사 도중 내가 마실 물을 가지러 가면서 필요한 사람이 있으면 갖다 주겠다고 했더니 남학생 하나가 자기 물도 부탁한다고 했다. 그러마 하고 컵을 가지고 돌아서는데 내 뒤통수에 대고 박사 과정의 여자 대학원생

하나가 아주 불쾌하고 경멸 섞인 목소리로, "저, 한국 여자의 노예 근성!" 하는 것이 아닌가.

그가 실질적인 대학원생들의 우두머리라는 것도 잊은 채, "노예 근성이라고 하셨나요? 우리나라에서는 이것을 친절이라고 합니다"라고 쏘아 주었다. 당장 그 학생의 얼굴이 일그러졌고 같이 있던 아이들도 찬물 세례를 받은 듯 분위기가 경직되었다. 이 일 때문에 괘씸죄에 걸린 게 분명했다. 그 학기 내내 생일 초대 한 번 받지 못하는 따돌림을 당했으니까.

그렇게 마음 편치 않게 지내던 어느 날, 서울에 있는 큰언니로부터 편지가 왔다. 곧 결혼한다고, 축하해 달라고. 그리고 결혼식 날짜를 일러주었다. 정말 기뻤다. 동생들을 물심양면 뒷바라지 하느라 30대 후반에야 결혼하는 언니를 한달음에 가서 누구보다도 많이 축하해 주고 싶었다. 그러나 나는 사랑하는 큰언니 결혼식에 갈 수가 없었다. 그때가 마침 기말고사중이었기 때문이다. 차라리 다행이라고 생각했다. 가난한 유학생에게 갑자기 왕복 비행기표값이 어디에서 나겠는가. 돈 없어서 못 간다는 것보다 기말고사라는 핑계가 있어서 내 마음은 오히려 가벼웠다.

언니가 결혼하는 날, 아무렇지도 않은 것처럼 밝은 음성으로 서울로 축하전화를 하고는 울었다. 한번 시작하니 그 동안 쌓였던 것들이 한꺼번에 몰려오면서 참았던 울음보가 터졌다. 내가 너무 비참하고 초라했다.

그날 저녁, 우연히 책상 위에서 시집 하나를 발견했다. 《누이야 날이 저문다》라는 김용택 시인의 시집이었다. 며칠 전 한 한국 유학생이 우리집에 놀러왔다가 놓고 간 것이었다. 평소였다면 수업 준비를 하느라 거들떠보지도 않았을 텐데 그날은 어쩐지 책장을 넘겨보고 싶었다.

얇은 시집에서 시가 쏟아졌다.

집, 초가일기, 빨래, 바람, 하얀 고무신, 초봄, 산중아기, 그리운 우리, 꽃이 많아서…….

그러고는 바로 이 시 〈보리〉를 발견했다. 눈이 번쩍 뜨였다.

시인은 힘겨워하는, 너무나 힘겨워하는 누이동생에게 따뜻한 목소리로 이렇게 귓속말을 해주었다. 얼마나 힘드냐고, 곧 괜찮아질 거라고. 넌 잘해 낼 거라고. 이 오빠는 믿는다고.

설움이 복받쳐서, 어리광을 부리고 싶어서, 그리고 진심으로 고마워서 이 시집을 진짜 오빠나 되는 양 품에 꺼안고 또 엉엉엉 소리내어 울고 말았다.

그날부터 나는 참 많은 사람들에게 이 시를 적어 주었다. 특히 같은 유학생들에게 줄 때는 이런 부탁까지 곁들였다.

"반드시 혼자서, 소리 내어 천천히 읽어 보시길."

식구나 친구들에게는 사연 대신으로, 노래를 불러야 할 자리에서는 노래 대신 이 시를 낭송하면서, 그리고 마음을 다져야 할 때마다 소리 내어 읽으면서 〈보리〉는 유학 초기 내내 나와 함께 있었다. 이 시에서 '보리'가 핍박받는 우리나라 민초들을 상징한다는 것을 잘 알고 있었지만, 그때 나에게는 정겨운 막내오빠가 부르는 내 이름일 뿐이었다.

그 '오빠' 덕분인지, "잘 드는 조선 낫으로 베어도 피 한 방울 없는 보리"기질 때문인지 지옥같이 힘들었던 두 학기를 마치고는 모든 일이 거짓말처럼 잘되었다.

그 악독한(?) 동급생들의 등살로 공부를 더 열심히 한 덕에 언감생심 바라지도 않았던 장학금까지 받았다. 또 그때가 마침 '88 서울올림픽 때라, 미국올림픽 조직위원회에서 홍보학 전공 한국 학생이 필요했기 때문에 인턴으로 일하는 기회도 얻었다. 내가 미국 조직위원회의 유일한 한국인인지라 방송 언론매체들이 나를 통해 정보며 자료를 주고받다가 나중에는 나를 인터뷰해 기사화하는 바람에 일약 스타가 되었다. 그 일로 나는 그 해의 '베스트 인턴'으로 뽑히기까지 했다.

박사 과정의 그 여학생은 마음이 변했는지 논문을 쓸 때 부탁하지도 않은 여러 가지 귀중한 자료와 의견을 주고, 자기 재혼식에 초대를 하는 등 화해의 손길을 보냈다. 물론 나는 못 이기는 척 '한국 여자의 아량'으로 받아주었다.

사람의 간사함이라니……. 이렇게 지낼 만하게 되자 유학 후반기에는 전처럼 〈보리〉를 절실하게 찾지 않았다. 그리고 한국으로 돌아와서도 아예 까맣게 잊고 살았다. 그후 여행이다, 직장이다 이런저런 이유로 외국에 살면서도 한 번도 이 시를 떠올렸던 기억이 없다. 그런데 10년도 훨씬 지난 올봄 〈보리〉가 홀연히 내 앞에 다시 나타났다.

올해 3월 전남 해남 땅끝마을부터 강원도 민통선 통일전망대까지 도보로 여행할 때였다. 6년 간의 육로 세계일주의 대미를 우리나라 국토종단으로 장식하고 싶었다. 마치 마라톤 선수가 전 구간을 완주하고는 홈그라운드를 한 바퀴 도는 것으로 피날레를 멋지게 장식하는 것처럼 말이다.

전라도에서 시작할 때는 이른 봄이라 보리싹이 잔디처럼 가냘팠는데 충청도쯤을 지날 때는 싱싱하고 당당한 보리가 눈에 자주 들어왔다.

어느 비바람치던 날, 보리밭을 지나다가 발을 멈추었다. 푸른 보리밭에서 에너지가 용솟음치는 듯해서였다. 보리를 그렇게 가까이에서, 그렇게 오랫동안 본 적은 그때가 난생 처음인 것 같다.

궂은 날 비바람에 흔들리는 보리, 흔들려도 무릎부터 다시 일어나는 보리, 자꾸 넘어져도 그만큼 다시 일어나는 보리. 너무나 사랑스럽고 믿음직한 보리. 한동안 넋을 잃고 쳐다보고 있자니 불현

듯 한 편의 시가 떠올랐다.

"비바람이 분다 보리야/비바람이 불면/바람 온 쪽 보며/바람 간 쪽으로 쓰러지자"

바로 그 〈보리〉였다. 그 동안 어디에 있었을까. 옛 친구를 만난 듯이 반가웠다. 첫 소절이 생각나길래 어디까지 기억하고 있나 보려고 소리내어 읊기 시작했는데, 뒤로 가면서 나도 모르게 점점 흥분이 되었다. 십 년 전에 애송하던 시가 이렇게 줄줄 나올 줄이야. 이토록 생생하게 기억하고 있을 줄이야. 마지막 세 행, "가자 / 오뉴월 뙤약볕 아래 / 보릿대 춤으로 가자"까지 한 자도 틀림없이 외우고 나서는 괜히 코끝까지 찡해졌다.

〈보리〉는 추억 속에서뿐 아니라 내 머릿속에, 내 가슴속에 그 힘센 세월도 어쩔 수 없을 만큼 뚜렷하게 각인되어 있었던 것이다.

고맙다. 보리야.

나를 매혹시킨 한 편의 시 ③

초판 1쇄―1999년 10월 15일
초판 5쇄―2011년 9월 29일

시은이 ― 김윤식 · 이규태 · 김용운 외
펴낸이 ― 임 홍 빈
펴낸곳 ― (주)문학사상
주 소 ― 서울특별시 송파구 오금동 91번지(138-858)
등 록 ― 1973년 3월 21일 제 1-137호

편집부 ― 3401-8543~4
영업부 ― 3401-8540~2
팩시밀리 ― 3401-8741
지로계좌 ― 3006111
홈페이지 ― www.munsa.co.kr
한글도메인 ― 문학사상
E · 메일 ― munsa@munsa.co.kr

ISBN 89-7012-337-7 03810